U0036140

魔豆

魔豆

MASTER IS BUSY

門主很忙

卷五

香草——著

門主很忙
人物介紹
麥冬
門主大人的寵物白松鼠，本系列吉祥物（？），移動速度極快。
方悅兒
十六歲軟萌的姑娘。玄天門門主，文不成武不就。眼睛彷彿未語先笑般，讓人很有好感。

林靖
二十二歲。
武林盟主之子，正直爽朗的青年。
梅煜
二十四歲。
白梅山莊備受冷落的庶子，溫和有禮，彷彿永遠不會生氣。
段雲飛
二十歲的俊美青年。
曾為魔教中人，性格亦正亦邪，活得瀟脫自在。

門主很忙 卷五

目錄

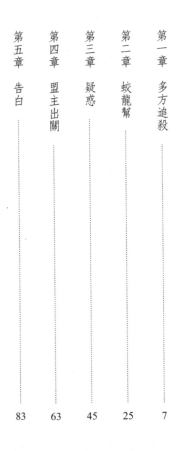

一、多方追殺

蘇家所在的錦華城與林家距離看似很遠，但其實只有一山之隔。然而山裡有眾多猛獸，一般人根本不敢走這條捷徑，寧願繞遠路也總好過成爲野獸的食物。

尤其在秋天這種季節，動物爲了準備過冬，對食物的需求大增，是野獸最爲凶猛的時期。因此這附近的居民一致認爲在秋季上山，簡直就是找死的行爲。

然而對方悅兒等人而言，山上那些野獸根本就不足爲懼，甚至那些想要吃掉他們的野獸，最終反成了一行人的美食。

方悅兒喜孜孜地吃著剛剛烤好的烤肉，秋天的野獸都特別肥美，雖然半夏等人會爲她準備不少乾糧與糕點，總歸餓不著她。

然而在這麼寒冷的天氣裡，這些東西與熱騰騰的肉食相較起來，顯然後者來得吸引人多了。

就在此時，數十道暗器突然從樹林間射出，直取吃著烤肉的眾人的性命！

原本看似放鬆吃著東西、全無戒備的眾人迅速取出武器迎擊。他們俐落地擊落暗器，並迎上從暗處現身的殺手。

戰鬥很快便結束，刺客的鮮血染紅了白色的雪，象徵著生命的流逝，以及又一場短促戰鬥的完結。

自從離開蘇家後，在前往林家的路上，方悅兒等人屢次遇上殺手襲擊。那些人的武功不算高，未能對他們造成任何危險，就是煩不勝煩。

他們一開始以爲這些殺手都是魔教餘孽，結果發現有些人是受雇而來，甚至還有被蘇志強欺騙來殺人的白道中人，竟是沒有魔教的人。

至於爲什麼他們能辨認出殺手的身分……因爲他們之中有個老是被暗殺的武林盟主之子啊！

根據林靖的說法：老是被下毒啊突襲啊連上廁所也會被暗殺，我都對那些殺手的手法挺了解的。

還眞是個悲傷的原因。

「使用飛鏢來當武器，還有那種擅長隱藏身影的功法……他們是暗刀門的殺手。」林靖對於各門各派的武功簡直如數家珍。

「爲什麼蘇志強會派這些人過來，而不動用魔教的人呢？」方悅兒對此感到十分好奇。

少女對蘇志強的稱呼從「蘇家主」變成直呼其名，眾人聽著卻覺得理所當然。

自從蘇志強事敗逃走後，便代表著他叛離了蘇家、再也不是蘇家家主。現在即使是蘇沐華，也不會承認對方的家主身分。

方悅兒等人不齒蘇志強拋妻棄子的行爲，自從對方叛逃後，稱呼他時一直都是直稱其名。

「家主」兩個字，置家族於不顧的人根本不配！

「其實蘇志強這樣做有什麼意義？他應該知道除非眞的弄個千軍萬馬，不然以那些人的武功根本就奈何不了我們。」寇秋有點悶悶不樂地抱怨。

身爲大夫，寇秋是眾人之中心腸最軟、最不願意殺人的人。即使他並不畏懼殺生，但不代表喜歡如此。

這種無意義的殺戮，寇秋心裡實在痛惜得很，卻對此無能爲力。

連瑾聽到方悅兒和寇秋的話，笑了笑，勾起笑容的他就像隻狡黠的狐狸，狡詐卻又帶著不經意的媚惑，也難怪方悅兒給他起了「狐狸」這樣的外號。青年道：

「自從蘇志強修練魔功、拿別人來練功一事被我們揭發之後，武林正道中已再也沒有他的位置。所以對現在的蘇志強來說，只有魔教那些人才是爲他所有，但他才不會輕易損耗魔教勢力；趁著現在他的祕密還未被大肆宣揚，蘇志強自然是該利用的利用，利用他『蘇家家主』的名義讓別人出手對付我們。殺手組織就罷了，那些被蘇志強利用來對付我們的白道殺手，即使知道眞相也說不定會記恨我們呢。」

方悅兒聽到連瑾的話，有些不高興地抿了抿嘴：「殺掉那些殺手可不能說是我們的錯，誰教他們一出現便不分青紅皀白出手攻擊呢？那時不是你死就是我亡，他們出手招招殺著，我們下手自然也不會留情。」

見方悅兒不高興，雲卓伸手揉了揉少女的頭，道：「那種狀況下，我們爲了保命而反擊當然沒錯。但無論如何，我們與那些門派即使結不成仇，但終究有了芥蒂。」

也不知蘇志強到底許諾了那些殺手什麼好處，讓他們被利益蒙蔽雙眼；又或者是蘇志強的蘇家家主身分，使那些人對他的話深信不疑。前幾次遇襲時，如果情況許可，方悅兒等人都會試圖與那些殺手溝通。然而那些人完全沒有停手的意思，眾人就只好將那些殺手擊殺了。

一般江湖仇殺大都是自己親自出手，鮮少會找殺手代勞，除非像刺殺林靖那種不得見光的情況。蘇志強卻光明正大地找了眾多殺手，可看出他是完全不在乎蘇家的名聲了。找的人還是三教九流的幫派，他們根本不知道要刺殺的目標是怎樣的大人物，只怕還爲了蘇志強虛無縹緲的許諾而作著名成利就的美夢。

這是陽謀，即使方悅兒等人明知前來刺殺他們的殺手是受到蘇志強的瞞騙利用，但也只能與對方性命相搏。

「我們出發吧？」方悅兒道。

發生了這種事，眾人都沒了悠閒進餐的心情，草草將東西收拾好便上路，至於這一地的屍體及吃剩的烤肉……也就便宜了這山裡的野獸了，總不會浪費就是。

「方門主，死者爲大，妳怎能任由這些人曝屍荒野呢？至少將那些屍體安葬再離開呀！」許冷月眼中滿是不忍，看著方悅兒的眼神彷彿對方做了什麼十惡不赦的事情。

雖然許冷月先前隱瞞了如意將方悅兒推下井一事，可人家終究是許家家主，而且並非直接動手傷人的罪魁禍首，因此方悅兒決定直接找許家麻煩就好，倒是沒有為難許冷月。

當許冷月要求跟著眾人一起前往林家時，眾人也因她的家主身分沒有拒絕。許家雖然已脫離江湖，但畢竟曾為武林世家，與林家有些交情。人家都開口要求想拜訪林家，林靖自然不好拒絕。

甚至林靖身為林家少主，在得知許冷月要前往林家拜訪後，於情於理也無法放任許冷月一個弱女子獨自前行，更應該對她多加照顧才是。

而且要是他明知許冷月要前往林家，雙方可以同路卻任她孤身前往，萬一少女在途中出了什麼事，也不知林家會被人說成什麼樣子呢！

一開始，眾人因為如意謀害方悅兒一事而對許冷月心存芥蒂。許冷月也感受到自己不受歡迎，一路上都沉靜又乖巧地跟著，然而過了幾天，當她看到大家都沒有故意為難自己之後，原本緊繃著的心情便開始放鬆下來，也有了管閒事的心情。

其實一路上她對方悅兒等人將屍體丟棄荒野的做法已看不慣很久了，只是忍著不說而已。

第一次遇襲時，戰鬥結束後便是方悅兒率先開口說讓大家趕路離開，因此在許冷月眼中，就是方悅兒主導，故意留下屍體，而其他人未必贊同，只是礙於對方的面子沒有出言反對。

因此許冷月覺得，實在需要一個不畏強權的人，勇敢出言阻止方悅兒的冷酷行徑！

許冷月覺得自己不能繼續假裝視而不見，方悅兒等人實在太心狠手辣了！把人殺掉就算了，任由屍體留下讓野獸噬咬實在說不過去，她相信其他人也會支持她的說法。

許冷月一番話說得慷慨激昂，平常在一些讀書人的聚會上，許冷月偶爾也會發表這種充滿正義感的言論。那些讀書人聞言無不趨之若鶩，覺得她身爲女子卻有見識、有想法，最重要的是，既勇敢又心地善良，甚至還爲她作了不少詩詞。「許仙子」之名的誕生，除了因她出眾的容貌外，也是有太多出色的詩句形容她的善良所致。

誰不知道許家小姐不單有著如仙子般的美貌，還心地善良、樂善好施呢？

許冷月本以爲自己這番言論必會令段雲飛等人對她刮目相看，偏偏眾人聽完後，看她的眼神卻變得非常奇怪，就像在看著一個很不懂事、故意在鬧脾氣的小孩子。

方悅兒看著許冷月一副爲那些殺手仗義執言的模樣，都不知該說什麼才好了。見許冷月說完這番話後，還下意識地看向了段雲飛，似乎在期盼著青年會讚許她……方悅兒頓時覺得情敵的段數太低，她都沒有與對方爭鬥的興致了。

好吧！她與段雲飛還沒有什麼，「情敵」什麼的還稱不上……

「咳！我們快些出發吧！」方悅兒假咳了聲，便不理會許冷月，繼續讓眾人收拾東西後盡快起行。

許冷月想到方悅兒也許會惱羞成怒，甚至會回嘴過來，卻無論如何也想不到對方竟然會無視自己。

方悅兒這種反應，比任何情況更讓許冷月感到不舒服。對於一直受到人們讚揚的許冷月來說，這種無視無疑讓她無法接受，於是便擋住方悅兒的去路，不依不撓地詢問：「方門主，妳覺得我的建議怎樣？」

雖然方悅兒從不主動去找麻煩，然而麻煩找上門她也不畏懼。去路被許冷月阻擋了去，方悅兒總算給了她一個視線，冷冷回答：「不怎麼樣。」

隨即便一手推開擋路的許泠月。

許泠月被方悅兒推得腳步踉蹌，神色一變地質問：「方門主，妳這話是什麼意思？」

方悅兒見許泠月終於穩不住她的仙子氣質，露出氣急敗壞的神情，便不禁想起與這女子初次見面時，對方指責她奢侈時的那副嘴臉。

其實什麼正義感呀、悲天憫人都是假的，許泠月只是想利用這種方法來踐踏身邊的人，以襯托出她的清高與高貴而已吧？

想到這裡，方悅兒就更加不想理會她了，只回了一句：「就是字面的意思。」

許泠月被方悅兒輕飄飄的話弄得一窒，便見對方頭也不回地離開了。

先前被方悅兒推得差點摔倒，許泠月也不敢眞抓住方悅兒不放，可是心裡卻又不甘心，便一臉高傲又倔強地看向在旁看好戲的眾人：「你們就不去勸勸方門主嗎？」

眾人被許泠月點名，紛紛面面相覷。其實他們與許泠月猜想的不同，並不贊同花時間安葬屍體，只是在許冷月剛被方悅兒下了面子的情況下，他們若反駁，就變得好像故意與人家姑娘過不去似的。

不過段雲飛向來是有話直說，從沒這種風度顧慮。然而他正要開口，有人卻比他更快。

這個冷聲反駁許冷月的不是別人，正是在團隊中除了許冷月與方悅兒外的另一名女性——幽蘭。

幽蘭早就看這個總是盯著自家門主情緣的許冷月不順眼，幽蘭的性子單純又護短，而且非常自信自身的占卜能力。當她第一眼看到段雲飛時，便確定了這男子就是方悅兒的情緣，所以自然看不順眼一直試圖介入的許冷月。

何況幽蘭除了擅長卜卦，也擅於看相。看人，她有著自己獨特的一套。與方悅兒那種小動物般的直覺一樣，幽蘭看面相的準確度也是高得驚人。而在這些新認識的人之中，幽蘭最不喜歡的就是許冷月。

明明天生命格不錯，身爲許家嫡系的大小姐，她的起點比大部分人高得多，偏偏卻事事不滿足。雖然總是一副什麼都不在意的清高模樣，其實是事事與人比拚，心裡看不慣別人過得比她好，又看不起活得比她差的人。在要求他人優秀的同時，又不想想自己到底配不配得上這麼優秀的人。

聽說先前蘇沐華一直很喜歡她，當時蘇家還未出事，蘇沐華事事以她為先，無論在身分還是人品都是很不錯的人選。然而許冷月卻看不上他，她自詡自己是官家千金，也讀過幾年書，打從心底看不起武家出身，武功不算頂尖又拿不到當家主權的蘇沐華。

而現在，蘇志強叛出白道，蘇家處於尷尬的境況，許冷月就更加看不上對方了。

然而在幽蘭看來，蘇沐華本性純良，是個會疼愛妻子的良配。何況蘇志強叛變是他個人的行為，雖然蘇家難免會被牽連，然而蘇沐華與玄天門眾人、林家獨子及白梅山莊下任莊主交好，要度過這個難關其實並沒有許冷月想像中困難。即使蘇家的名聲受到打擊，但瘦死的駱駝比馬大，幽蘭對蘇沐華的前景還是很看好的。

偏偏許冷月卻是一副深怕被蘇沐華牽扯上的模樣，這讓原本已對她心冷的蘇沐華那僅餘的些許感情也被消磨掉了。

所以說心氣太高就是不好，許冷月好高鶩遠，完全看不清楚自己的處境。

就像現在，她竟拿著他們對她的寬容與善意來試圖踩低別人，而且矛頭還直指他們的門主大人！

許冷月為什麼會這麼天真地認為，他們會站在她那一邊，與她一起責怪方悅兒？

即使方悅兒真的有錯，他們也會毫不猶豫地站在門主大人那邊！更何況在這件事中，幽蘭不認為方悅兒有任何錯誤的地方。

原本方悅兒對許冷月冷處理時，幽蘭還覺得滿不解氣的，想不到對方卻死咬著硬要他們這些旁觀者表態。既然對方不識抬舉，幽蘭也不打算給她留面子了。

看到幽蘭越群而出，雖然少女臉上表情依舊淡淡的，可是從小與她一起長大的方悅兒能看出對方生氣了。

朝許冷月迎面走去的幽蘭穿著一身優雅的紫色衣裙，長相有著不遜於許冷月的美麗。這二人一個氣質清幽淡雅，一個氣質清冷出塵，給人的感覺相似卻又有著不同，各有各的美態。

然而當她們眞正面對面時，許冷月卻明顯被幽蘭比了下去。眾人瞬間只覺得許冷月的清高冷傲都是虛的，反之幽蘭的優雅自信卻有著一股說不出的氣場。

這就像許冷月與方悅兒共處時，明明方悅兒的長相不及許冷月美麗，但偏偏人們總會被方悅兒那種純眞又高貴的特殊氣質吸引，反而令許冷月顯得過於高冷。

「許姑娘妳那番話是說認眞的嗎？在殺手出現的時候，妳完全沒有出力，卻在我們解決殺手後站出來指責門主大人，這樣好嗎？妳只顧著要我們去處理殺手的屍體，可要是有殺手趁我們安葬屍體而疲憊不堪時偷襲，到時是由妳來保護大家的安全嗎？而且妳有沒有想過，只要我們一天未到達林家，這些殺手便會不斷前來。我們愈早抵達林家，便愈能減少傷亡，這正是門主大人要求我們盡快趕路的原因。現在妳明白門主大人的苦心了嗎？善良的許冷月姑娘。」

與幽蘭淡雅氣質相襯的，是她有著非常動聽的嗓音。她的聲音有著特別的空靈感，即使不聽說話的內容，光聽她說話便是一種享受。

然而此刻被她指責的許冷月，心情卻不怎麼美妙了。

幽蘭一番話說得心平氣和，然而內容卻嘲諷十足，同時又不帶一個髒字。

看著眼前高雅如蘭的美麗少女，許冷月心裡生起一股怨恨。她覺得玄天門的女人真是太討厭了！

方悅兒與幽蘭簡直就是損人不要錢二人組，說話都踐得不得了，完全不給人留顏面！

許冷月從小便習慣了被追捧的日子，可是自從遇到方悅兒後，眾星拱月的主角卻成了那個秀麗清純又帶著一身貴氣的少女。許冷月心裡早已感到不平衡，偏偏在她因如意的事被團隊隱隱孤立時，又多了一個美貌與自己不相伯仲，氣質更是壓住自己的幽蘭。

許冷月恨得幾乎咬碎了一口皓齒，然而她的理智仍在，只得壓下心裡的怨恨沒與幽蘭爭論起來。

畢竟幽蘭一番話字字在理，要是許冷月繼續以此大作文章，那就太難看了。最終許冷月只得歉意地說道：「幽堂主說得對，是我想得太輕率了。」

蘇沐華看著許冷月失落又強裝堅強的目光，如果是以前，他必定心疼無比，可現在他卻對此完全沒有感覺，甚至還有些覺得許冷月太不懂事了。

到了現在，他才驚覺自己對許冷月的愛慕之情眞的已消散無蹤。

然而雖是不愛了，可二人青梅竹馬的情誼仍在。青年看到許冷月期盼地看向段雲飛、妄圖對方會爲自己說話的模樣，輕輕嘆了口氣，只希望少女也與他一樣，能早日從無望的愛情中掙脫出來。

二、蛟龍幫

眾人所走的路本就是前往林家的捷徑，現在大家還特意加快了腳步，因此更是大大縮短了旅程的時間，很快便來到林家所在的青石城。

這段時間都在趕路，再加上老是遇上殺手找麻煩，雖然那些殺手遠不是一行人的對手，卻仍是煩不勝煩。何況在危險頻頻找上門之際，眾人也不敢掉以輕心。即使是武功再高強的高手，長期繃緊著精神還是會感到疲累。

因此在眾人遠遠看到城門時，都不由得加快了腳步，滿心想著盡快入城、到林家好好休息一番。

偏偏在眾人心心念念著安穩的床鋪之際，一群人卻阻擋住他們的去路。那些人全都穿著短褐衣裝，額頭橫綁著一條有著不明圖樣的布條，氣勢滿滿地橫排站在眾人面前。

阻擋去路的人之中，身處正中位置的是一名有著古銅膚色的青年。青年大約二十多歲的年紀，對方悅兒等人呼喝一聲，道：「你們這些人真是令我好找！明明蘇家主說你們應該在城鎮旁的大山上，結果我們去到時你們竟然已經逃走了，就那麼怕我們蛟龍幫嗎？」

「……你們是蘇志強派來的人？」方悅兒聽到青年的質問，有些反應不過來。先前那些殺手都是一言不發便開殺，這還是第一次有人這麼多廢話，害她一時之間不敢確定這些人的身分。

那名蛟龍幫的青年冷哼了聲：「竟然直呼蘇家主的名諱，果然是窮凶極惡的歹徒！」

方悅兒聞言嘴角一抽，他們是不是「窮凶極惡的歹徒」她不知道，但眼前這個青年的智商絕對堪虞！

蘇志強果然窮途末路了嗎？竟然連這種貨色也派出來刺殺他們……也太「飢不擇食」了吧？

山梔更是小聲嘀咕：「這個什麼蛟龍幫……該不會是得罪了蘇志強，所以他故意派這人來送死吧？」

方悅兒想了想，覺得山梔的猜測不無道理。之前蘇志強爲蘇家之主，必須一直裝出爽快大方的模樣，即使再不喜歡的人也不會表露出來。

按理來說，蘇志強要利用他人來對付方悅兒一行人，可是應該怎樣也不會瞧上這個從未聽過的小幫派。說不定眞如山梔猜測那般，蘇志強故意唆使這不著調的蛟龍幫等人前來阻攔。一來可以噁心一下方悅兒等人，二來可以借方悅兒一行人之手將人幹掉。

但蘇志強也許沒想到蛟龍幫的人廢話竟那麼多，雙方碰面這麼久，到現在都還未打起來呢！

雖然眼前的青年看起來有些渾，但相較於先前的殺手卻似乎容易溝通得多。何況現在他們都來到城門前了，雙方人馬站在這裡已引起不少路人注意。能夠不打的話還是不打吧，引起騷亂就不好了。

然而蛟龍幫什麼的……方悅兒眞的聽也沒聽過。在說服他們之前，方悅兒試圖先了解這蛟龍幫到底是怎樣的來頭。

當然她不會傻到去問對方，畢竟看這個青年一副「全天下我蛟龍幫最屌」的模樣，要是直接說出沒聽過蛟龍幫的大名，只怕對方會惱羞成怒。因此方悅兒只得向同伴小聲求助：「你們有聽說過蛟龍幫嗎？」

幸好明劍派與這蛟龍幫有些交情，不然直接詢問那個蛟龍幫的青年便有些尷尬了。

只聽秦承耀說道：「蛟龍幫是在北湖的一個幫派，幫眾擅水性，以護送商船維生。蛟龍幫的幫主姓鄭，這個青年正是蛟龍幫的少幫主鄭偉明，門派學習的都是粗淺的拳腳功夫。你們沒聽過這幫派並不出奇，但他們在北湖那邊還是小有名望的。」

眾人交談這幾句話的時間，那名蛟龍幫的青年卻已經不耐煩了：「喂！你們這些傢伙在嘰嘰喳喳地偷偷說著什麼？我告訴你們，站在你們面前的本大爺我正是蛟龍幫的少幫主鄭偉明。哈哈！聽到本大爺的名字現在害怕了吧？你們這些歹徒竟然殺掉了蘇家主的兒子，實在是喪心病狂！你們現在自裁的話，我便讓你們留下全屍，也不會連累到你們的家人。」

說罷，鄭偉明便雙手負在背後，一副等待眾人自裁的模樣。

聽到鄭偉明的話，方悅兒等人神情複雜地默默集中視線到蘇沐華身上。

先前眾人還在猜測蘇志強到底是以什麼理由唆使這些人來追殺他們，原來竟是謊稱獨生子被他們殺了!?

「……」此刻蘇沐華的神情實在難以形容。

所以我之所以被人追殺，是因爲「我」被人殺死了？

驟然聽到自己的死訊，「被謀殺」的蘇沐華實在覺得很不可思議，眞虧他爹想到這麼損的理由。

同時他心裡也有些苦澀，雖然早知道蘇志強並不喜歡自己，可想不到對方竟拿他的生死來當唆使的理由，這讓事後別人如何看待他呢？

方悅兒聽到鄭偉明的話後，頓覺哭笑不得。少女指了指一臉無奈的蘇沐華，道：「他正是蘇志強的兒子蘇沐華呀！根本就沒有死，還好端端地活著呢！」

鄭偉明冷哼了聲：「你們害怕被尋仇，故意找個人來假冒蘇沐華是很合理的。」

秦承耀嘆了口氣，越群而出，道：「我明劍派也在北湖附近，鄭少幫主，你應該認得我才對。我身爲明劍派的大弟子，又怎會莫名其妙地去殺死蘇公子呢？」

然而鄭偉明卻堅持己見：「你們知道打不過我，故意找人易容成秦大俠來騙人也是很合理的！」

什麼叫作很合理？你這種想法才是不合理吧!?

你以爲易容是爛大街的技能嗎？

要改變容貌讓別人看不出，已經是非常困難的事，完全易容成另一個人而沒有絲毫破綻，他眞的以爲這麼容易嗎？

鄭偉明這番話實在是吐槽點太多了，眾人已不知該說什麼才好。

到底蘇志強是怎麼認識這種奇葩的？

重點是這人異常固執，實在是神煩呀！

此時段雲飛站出來，冷冷說道：「我是段雲飛，你應該也聽說過我的名字，對吧？」

鄭偉明笑道：「聽是聽過，前魔教副教主、打敗彭琛的那個人嘛！不過……」

不待鄭偉明說完，段雲飛便把他想要說的話接著說下去：「不過我們懼怕你們蛟龍幫，易容成段雲飛來騙人也是很合理的對吧？」

想不到段雲飛這麼爽快地承認，鄭偉明的大腦有些轉不過來，便順著對方的話點了點頭。

只見段雲飛咧嘴一笑，突然對著路邊的一棵樹擊出了一掌！

隨著段雲飛的動作，那棵樹瞬間「喀嚓」一聲攔腰折斷，樹幹斷處甚至出現了些許寒霜，只是現下天氣本就寒冷，到處皆白茫茫一片，因此這寒霜並不起眼。然而方悅兒看到樹幹的斷位結霜後，卻瞇起了雙目，神色莫測。

看到段雲飛的身手後，一眾蛟龍幫的人都愣愣地說不出話來。少幫主鄭偉明的表情尤其誇張，下巴都快要掉到地上了！

剛剛段雲飛出手快如閃電，鄭偉明完全反應不過來，那棵樹便已攔腰折斷。要知道那樹幹比成年男子的腰身還要粗呢，段雲飛卻一掌就輕易擊斷了。

要是對方這一掌打在他的身上，他豈不是立即被腰斬了嗎!?

鄭偉明秒慫，立即便想退縮，不再執著眼前這男的到底是不是段雲飛，而且重點是他們也打不過啊！

「哈哈哈！也許我們眞的認錯人了。要知道那些歹徒的外貌我們也只是聽蘇家主的形容，所以……」鄭偉明打著哈哈說道。

段雲飛再次接過鄭偉明的話，道：「所以你誤以爲我們是歹徒，也是很合理

的？」

聽到段雲飛充滿嘲諷的話，鄭偉明只能繼續乾笑，不知該回答什麼才好了。與鄭偉明略有交情的秦承耀，此時也揶揄道：「所以你以爲我騙人，但我其實是眞的秦承耀也是很合理的。」

鄭偉明除了乾巴巴地打著哈哈，還能夠說什麼呢？

雖然他身爲蛟龍幫的少幫主，從小順風順水地長大，因此養成了自視甚高又有些奇葩的性格。只是他的性格是很跳脫沒錯，但並不傻，形勢比人弱這一點他還是看得出來的。

段雲飛那一擊的殺傷力，出手時他們根本完全反應不過來。雖然不能單憑那一擊的威勢來確定對方的身分，但至少鄭偉明知道，對方只要想，絕對可以秒殺掉他們。

如果這些人眞是那些喪心病狂、殺死蘇沐華的凶手，應該早就順道將他們全部幹掉了，不會像現在這樣與他們那麼多廢話。

因此鄭偉明現在姑且相信了段雲飛等人的身分，甚至他還期盼這些人眞的不是凶手——因爲他們打不過啊！

他還覺得奇怪，他們蛟龍幫雖在北湖頗有名望，但在那些大人物眼中卻什麼也不是，蘇志強身爲蘇家家主，又怎會莫名其妙前來與他們交涉，讓他們去截殺殺死他獨生子的凶徒呢？

此時鄭偉明已選擇性地忘記了當時自己得知蘇志強的求助後，還認爲這是大功一件而搶著去緝凶，甚至因爲蘇志強選擇了蛟龍幫而自豪，覺得自家幫派眞的棒棒噠！

青年現在回想起來，覺得蘇志強的求助怎麼看怎麼詭異。甚至還想著那個人是不是假冒的，故意易容成蘇志強的模樣，讓他們蛟龍幫與段雲飛等人兩敗俱傷？畢竟他家蛟龍幫在北湖那麼有名氣，要是有人嫉妒而故意使壞也是很合理的！

秦承耀看到鄭偉明變幻莫測的神情，猜測這青年不知又開了什麼奇怪的腦洞，想著眾人在城門前這麼耗著也不是辦法，便建議：「如果鄭少幫主你仍有疑慮……我們現在要進城到林家，不如你也與我們一道吧！」

林盟主處事公正，在江湖中非常受人敬重。聽到秦承耀的提議，鄭偉明眼珠一轉便應允下來。

雖然這次無法搭上蘇家，可要是因此而與林家有了些交情，鄭偉明覺得還是有賺到，心情不禁好了起來。

方悅兒看著完全不知要掩飾內心想法的鄭偉明，不禁暗暗好笑。心想這個人雖然想法很奇葩還有些自戀，但倒是不惹人討厭。

眾人在城門前滯留了好一會兒，再加上有段雲飛表演了手斷大樹，現在遠遠圍觀著的人已變得愈來愈多。

方悅兒等人見狀，也就不再在此停留，連同蛟龍幫等人浩浩蕩蕩地入城，前往林家。

❀

眾人來到林家時，天色已有些昏暗，只是眾人卻未能如願看到林易光，只有林夫人文氏前來迎接。

文氏同樣是武林中人，是林易光師父之女。林易光與她從小一起長大，行走江湖時多次經歷生死，感情非常好。林易光很信任並愛重這位妻子，當他閉關時，都把林家交給妻子來打理。

文氏是個英姿颯爽的女子，因爲出嫁前經常行走江湖，她的皮膚不若一般深閨婦人細嫩，然而又因練武的關係，外貌比一般婦女精神得多。明明已經四十多歲的人了，看起來卻像剛三十的模樣。

方悅兒一眼便對文氏很有好感，覺得文氏這種爽快俐落的主母，比起柳氏那種弱柳扶風的弱女子順眼得多了。

文氏與眾人互相見禮，看到段雲飛時略微一頓，隨即眼神又若無其事地移了開去。

此時對方悅兒等人還有些半信半疑的鄭偉明，看到林靖與文氏的互動後，這才確定方悅兒等人眞的沒有說謊。在林靖向文氏介紹方悅兒等人的身分時，鄭偉明愈聽愈是膽戰心驚。

先不說「死而復生」的蘇沐華，光是玄天門門主方悅兒這尊大佛，便已讓鄭偉明嚇得說不出話來。

不是說玄天門門主不理江湖事，宅在家的程度連老是閉關的林易光也比不上嗎？

鄭偉明覺得雙腿都在打顫，與他同行的幫眾並未獲得林夫人接見，在進入林家後都被人安頓他處並不在現場。現在青年特別想念他們，要是小夥伴們也在場就好了，即使幫不上忙也沒關係！

有伴兒一起害怕，也省得他獨自一人在這裡受驚受怕呀！

當林靖介紹鄭偉明時，文氏不禁向他投以奇怪的眼神。

雖然這蛟龍幫她是眞聽也沒聽過，只是林靖結交朋友時向來不理出身，因此文氏原本並沒有太在意。

只是鄭偉明那副心虛畏懼的模樣實在太惹人注目了，文氏不感到奇怪也難！

幸好林靖只是簡單介紹了下他後便略過，並沒有說及鄭偉明在城門前所做的囧事，不然他這蛟龍幫少幫主還眞沒臉繼續留下來了。青年想了想剛剛自己在城門時說的話，都想要找個洞鑽進去了！

「靖兒，前幾天你在飛鴿傳書中的訊息，到底是怎麼一回事？可知道家裡有多擔心你？」文氏問。

雖然林家只有林靖一個獨生子，可無論是林易光還是文氏都不曾過於拘束他。只要林靖把自身的事處理好，在外面野多久他們並不會管太多。

行走江湖有著諸多危險沒錯，可這種歷練也是非常珍貴的。當年文氏與林易光也是這麼走過來，到兩人有了兒子，他們也採取這種「放養」的方式。何況林靖又不是杳無音信，會定期向家裡報告自己的動向，因此文氏放心得很。

這次林靖出任務後遲遲未歸，一開始文氏對此還不在意，收到林靖說他會到蘇家拜訪的消息時也不以爲意。想不到才過去幾天，她便再次收到林靖的飛鴿傳書，告知蘇志強是魔教中人，要小心別被對方騙了。

因爲飛鴿傳書的紙條版面有限，林靖無法在小小的紙條上寫出前因後果，但又擔心蘇志強會趁眞面目還未廣傳之際謀害他的家人，因此便寫了這簡單的幾句話，以提醒家人小心對方。

然而這番話實在事關重大，帶來的驚嚇度實在太高了。文氏實在弄不明白，自家兒子只是到蘇家一趟，到底期間發生了什麼事，怎麼蘇志強就變成了魔教中人呢？

當文氏收到消息時，林易光正值閉關的緊要關頭，她並不敢打擾，就怕害得丈夫分心而走火入魔，只得逕自乾著急。

林家人口簡單，林易光並沒有收徒弟，家裡除了林家夫婦與林靖，其他都是下人。現在兒子不在家，丈夫又閉關了，文氏連個商量的人都沒有。

文氏雖然心急如焚，可是她收到消息時，林靖已離開了蘇家。為免與兒子在路上錯過，文氏再著急也沒有派人去接他。也幸好林靖他們這段時間都在趕路，倒是沒有讓心焦的文氏等待太久。

聽到母親帶著抱怨的話，林靖連忙安撫道：「娘親，很抱歉讓您擔心了。蘇志強的事說來話長，爹呢？」

文氏嘆了口氣，道：「你爹這段時間快將突破，正在閉關修練。不過我猜如果一切順利的話，也應該差不多要出來了。」

這些年來林易光經常閉關練功，文氏身為他的師妹，與他系出同源，因此倒能大約猜到丈夫何時能出關。如果她沒猜錯，應該就在這幾天了。

聽到林易光又在閉關，林靖露出了「我就猜到會這樣」的無奈神情。段雲飛則是冷哼一聲，一副不屑的模樣，嚇得方悅兒連連向段雲飛使眼色，要他收斂一點。

雖然段雲飛傲歸傲，但並不是如此尖銳的人，平常一直很正常的啊！方悅兒不了解這人怎麼突然這樣，一副看不起林家的樣子，這是故意在找碴嗎？

其實別說段雲飛，方悅兒也看不過林易光明明身爲武林盟主，卻總把工作丟給兒子處理的做法。害他們在緊要關頭找不到人來主持大局，這個武林盟主簡直就是佔著茅坑不拉屎……

不過他們好歹人在林家的地盤，接下來還得與林家聯手對付蘇志強，現在就把關係弄僵這樣好嗎!?

就在方悅兒想著該如何拉回文氏的好感度，卻發現無論是文氏還是林靖都好像看不見剛剛段雲飛的舉動似的，仍是維持先前的態度。

方悅兒不禁感到奇怪。林易光身爲林家的一家之主，同時也代表著林家的顏面，現在段雲飛這麼明擺著瞧不起林易光，一點也不給林家面子，按理不要說文氏了，即使是林靖也應該要有所表示才對，不然不就讓人覺得林家好欺負嗎？

只是一場沒有硝煙的戰爭就這樣無聲消散，方悅兒雖然心裡奇怪，但自然不會沒事找事地再去追問了。

三、疑惑

現在能夠主持大局的林易光在閉關，眾人都有些懵了，一時間不知該怎麼辦才好。

畢竟眾人這麼急著趕來林家，其實就是看上林易光「武林盟主」的頭銜可以讓他們行事更有說服力，希望藉此省卻不少麻煩。不然以玄天門要人有人、要錢有錢，根本犯不著特別來林家一趟。

武林盟主這個頭銜不是說好聽而已。當盟主雖有著各種繁重責任，卻也代表著在眾門派之間擁有著強大的號召力。這也是為什麼蘇志強本身勢力雖不比林易光差，可卻總是盯著盟主頭銜的原因。

現在林易光閉關中，他們又不能闖關把人抓出來，只得靜待對方功成圓滿後自行出關了。

不過為免有更多人受蘇志強瞞騙，林靖還是以林家的名義散播出蘇志強修練魔功、實為魔教中人的消息。幸好林靖經常為林易光理事，這麼做也不算是越俎代庖。

既然暫時沒事可做，文氏見方悅兒等人又是一副風塵僕僕的模樣，便安排了客房讓他們先好好休息一番。

然而文氏看著見禮後一直一言不發站在人群中的蘇沐華，卻是弄不清楚該怎樣安置對方才好：「蘇公子，你……」

雖然文氏對一連串事情所知並不詳盡，可蘇志強修練魔功、叛出白道一事還是知道的。現在蘇沐華出現在林家，是代表蘇家不再承認蘇志強這個家主了嗎？

可即使蘇沐華有大義滅親的決心，文氏還是無法相信他。蘇志強先前是白道中有名的高手，卻一直偷偷修練魔功且無人知曉，從中可看出此人心思有多深沉。

而蘇沐華身為蘇志強的兒子，即使修練魔功是蘇志強的個人行為，但還是讓文氏對蘇家心存芥蒂。

看出文氏的不信任，蘇沐華只覺心裡苦澀，上前表示出他的意向與決心：「林夫人，我這次是代表蘇家前來說服父親回頭。要是他繼續冥頑不靈的話……蘇家會幫忙追緝，以免他繼續為禍武林。」

蘇沐華知道現在自己必須要堅強起來，明確表達出立場。雖然蘇志強是他父親，可是蘇沐華還有整個蘇家須要顧及，無論如何也不能讓蘇家成為武林的眾矢之的。

如果蘇志強眞的頑強不回頭，蘇家就只能與他成爲敵人了。甚至爲了將功贖罪、撇清與魔教的關係，蘇家要比其他門派更爲出力才行！

責任與困難會使人成長，在蘇家面對重大危難之際，肩負著蘇家未來的蘇沐華迅速成長起來。短短的時日，已不復當初青澀的模樣。

林靖道：「我相信蘇公子。而且蘇公子是我們之中最了解蘇志強的人，我們需要他的幫助。」

看到林靖表明對蘇沐華的支持，文氏便沒有再說什麼。她這個兒子看人的眼光一向很準，雖然總愛結交一些奇奇怪怪的人，可是那些人在人品上都很不錯，即使不是什麼大人物，卻總在某些地方有著亮眼之處。

如果說文氏對蘇沐華只是單純因他的身分而面露猶豫，當她看到人群中嬌滴滴的許冷月時，卻是忍不住皺起眉頭了。

雖然許家棄武從文後已淡出江湖，與林家也沒什麼往來了，只是上幾輩的交情仍在，許冷月前來林家拜訪，文氏照理不會不歡迎。

只是這次許冷月實在來得不是時候，蘇志強的叛逃也不知會為江湖帶來怎樣的腥風血雨，現在大家都忙著準備應對措施，許冷月卻一個勁地兒女情長，也實在太不識趣了！

許冷月表示因為兩家很久沒聯繫，便特意前來走動一番，這些鬼話文氏一個字也不信。別以為她看不出許冷月瞧著段雲飛的眼神，這姑娘分明是追男人追到林家來了！

雖然心裡對許冷月的行為有些厭惡，但對方畢竟是代表許家前來，文氏總不能將人趕走，只得一視同仁地招待，然而面對許冷月時難免帶了些私人情緒。

文氏也不求許冷月在蘇志強一事中幫得上忙，只希望這姑娘安分守己，不要多生事端就好。

許冷月感覺到文氏面對自己時顯得有些不冷不熱，招待方悅兒時卻熱情得多，心裡不禁一陣不滿。

以往許冷月與一眾貴婦交際時可謂無往不利，是眾婦人最喜愛的兒媳婦人選。可現在卻被文氏如此無視……果然練武的婦人就是粗野，喜歡方悅兒那種野蠻粗鄙的女人！

許冷月隨即又想起玄天門在江湖中的地位，想著說不定文氏只是爲了討好玄天門才對方悅兒這麼好，便輕蔑地看了看她們一眼後，高傲地仰起了下巴，覺得這位林家夫人也不過如此。

文氏並不知道許冷月的心理活動，不然這位性子爽朗的夫人只怕立即唾沫星子噴她一臉。

方悅兒雖然武功不好，做的事卻可多了。是她將段雲飛找回來，也是她找到蘇家的祕道，揭發了蘇志強的陰謀。

文氏覺得相較於表面清高一身傲骨，實際滿心只想找個好男人抱大腿的許冷月，方悅兒做的事情好太多了！

至於許冷月？不扯後腿就好。

何況方悅兒雖然容貌不及許冷月，可外表實在太有欺騙性，一雙杏眼純眞又無辜，怎麼看都是一副乖巧善良的軟綿模樣。而且這姑娘性格好，雖然身分高貴，但完全沒有上位者令人厭惡的習氣，未語先帶三分笑，讓人特別容易心軟。這種孩子總是特別受長輩喜愛，尤其文氏這種強勢慣了的女俠，就更加喜歡這種軟綿綿又不顯過分嬌弱的可愛姑娘。

至於團隊中的另一名女性——性子冷清、骨子裡卻與文氏一樣，帶有一身英氣的幽蘭，更是與文氏有種忘年交的勢頭。這兩個女性聚在一起不是談及衣著女紅，而是相約改日切磋武藝，眾人見狀也是服了。

鄭偉明從旁聽到的一連串事情中嗅出了不尋常的氣息，也厚著臉皮留下來，希望能搶先獲得最先消息。

林靖見狀也沒有趕他的意思，反正蘇志強叛變一事全武林很快就會知道了，讓鄭偉明他們留下來也無所謂，說不定還能幫得上忙呢。

眾人在林家安頓好以後，因離晚膳還有些時間，無所事事的方悅兒便與收拾著房間的半夏等人說了聲，離開房間在林家到處閒逛起來。

相較於高門大戶、奴僕成群的蘇家，林家顯得簡樸多了。雖然林家也有些奴僕，人數卻比蘇家少得多。而且林家主宅中，無論是外觀造型還是內裡的裝潢、家具，皆沒有蘇家那麼講究。

雖然林家沒有華麗貴氣的擺飾，可是大宅每一處都帶著濃濃的生活氣息，並沒有蘇家那麼多世家規矩，下人的舉止隨意又不失禮。方悅兒本就不是個喜歡守規矩的人，倒是滿喜歡這種溫馨隨意的氣氛。

要是不知情的人，還會以爲這只是略有積蓄的尋常人家，又怎想得到這是堂堂武林盟主的家？

雖然林家人口不多，但因爲林易光武林盟主的身分，經常有不同門派的人前來拜訪或商討各種要事，因此宅第的房間並不少，方悅兒等人這次到訪並不會顯得擁擠。

方悅兒逛著逛著，遠遠看到一個熟悉的人影一閃而過。

「嗯？阿飛？」

方悅兒眼珠一轉，便向肩膀的麥冬比了個噤聲的手勢，隨即放輕腳步偷偷尾隨過去。少女的輕功很好，就是內力不給力，但若只是這短短的路程，就連段雲飛也不會察覺。

原本方悅兒僅打算尾隨，然後突然撲出去嚇一嚇對方。怎料段雲飛走到了一個隱蔽處，她發現林靖竟早已在那裡等候他到來。

看著二人一副要密會的模樣，方悅兒頓時走也不是、不走也不是，眼下狀況實在有些尷尬。

少女想了想，現在走出去怎樣也是尷尬，倒不如一直躲起來算了。要是他們沒有發現，自己就當沒看到這件事吧。

這麼想著，方悅兒便把自己藏好。因爲不是存心偷聽，因此少女躲藏的位置其實聽不太到兩人的對話，只能遠遠看到他們的動作及表情。

只見林靖對段雲飛說著什麼，段雲飛卻似乎不贊同，皺起了眉頭，但仍是耐著性子聽林靖說下去。

隨即便見林靖說罷，段雲飛只簡短地說了一句話掉頭便走。林靖略帶焦急地伸手拉住了他。

二人愈說愈激動，聲音不禁變得有些大，便開始有片段話語傳入方悅兒耳中。

「雲飛……當年的事……他一直很悔恨……回來……」林靖的話斷斷續續地傳

來，臉上滿是懇求。在方悅兒的心目中，林靖一向是個胸有成竹的人，這還是她第一次看到林靖這麼無措的模樣。

以前方悅兒就覺得林靖與段雲飛是認識的，林靖一直對段雲飛好得不得了，然而段雲飛卻表現得有些不冷不熱。說討厭又不至於，但說親近的話，段雲飛又似乎對林靖隱隱帶著些許抗拒。

這次來到林家，方悅兒還猜測也許段雲飛認識的人不只林靖，就連林夫人文氏也是他的舊識。不然她怎會覺得，段雲飛對文氏有著若有似無的敵意呢？

隨即她又想到與聽風樓樓主的那場會面中，段雲飛說及林易光時的態度……也許不只文氏，段雲飛也不喜歡武林盟主林易光！

也就是說，段大魔王把林家三人都討厭上了……

可是問題又來了，段雲飛是個任性又不會委屈自己的人。要是他眞不喜歡林家，那絕不會委屈自己與林家往來。

而且段雲飛雖然任性，但也不是不講理的人，不會無緣無故就討厭他人，更何況還是武林白道的領頭人！

可若說是因爲林家曾做過對不起他的事，因此才讓阿飛不喜……但是段雲飛是那種別人對不起他一樣、他會以十倍回之的性子，要是林家眞如方悅兒猜測那樣對不起青年，現在林家一定已經被段大魔王鬧得雞飛狗跳，才不會是這種耍耍小性子的程度。

想不出段雲飛與林家的關係爲什麼如此古怪，方悅兒的好奇心已被二人的詭異互動挑起來了。少女雙眼睜得大大的，就怕漏看了哪場好戲。反正她又不是有心偷窺，現在她在這裡可是老天爺的旨意！

門主大人心安理得得很。

「那時……當我倒楣……既然離開了……泫冰心法……連累林家……」此時段雲飛並不知道有人躲在暗處看好戲，他一臉不耐煩地甩開林靖的手，方悅兒努力想聽清楚他說的話，可惜距離實在有些遠，最終還是只能聽到些片言隻語。

然而方悅兒卻敏銳地聽到一個很關鍵的字詞。

泫冰心法！

那部曾經在江湖中引起腥風血雨，後來被林易光當眾毀掉的絕世心法！

方悅兒眼中閃過一絲深思的情緒，心中隱隱有了一些猜測。

那邊廂，段雲飛甩開林靖後，便再也不理會對方，逕自離去。

雖然好戲散場了，但方悅兒仍是不敢動彈，待林靖也離開後，這才從躲藏的地方走出來。

想不到只是出來閒逛一下，卻看到了有趣的事情！

❀

接下來的晚膳，方悅兒一直不著痕跡地打量段雲飛與林靖。只是這二人掩飾得很好，都是一副沒事的模樣，一點也看不出端倪。

要不是不久前的場景實在歷歷在目，方悅兒都快要以爲那只是自己的幻覺了！

文氏待眾人開動後，便挾了塊雞肉到林靖的碗裡：「靖兒你多吃些，出門這麼久，都瘦了。」

文氏是個好強的人，即使面對自己的夫君也是直來直往的爽直性格，只有對著獨子林靖時，才偶爾會露出柔和的一面。

其實林靖完全不覺得自己有變瘦，甚至這段時間與方悅兒同行，門主大人不趕路時事事精細，他跟著對方吃香喝辣的，還胖了一點呢！

不過母親的關懷還是讓林靖感到窩心，也沒說出反駁的話，笑著挾了一塊雞腿回去：「娘親也多吃點。」

小小的一個動作，哄得文氏眉開眼笑。

然而讓人覺得訝異的，是文氏接著又對段雲飛說道：「你也多吃些，這段時間在外面辛苦了。」

雖然文氏沒有像對林靖那樣挾菜給段雲飛，可是這舉動還是顯示出她對青年有著特殊的關懷。照理，林家與魔教出身的段雲飛應該沒有太多交集，甚至林家身為白道頭領，文氏這位林家主母說不定還對青年存有偏見呢。

然而對著一桌子的人，文氏除了兒子林靖，偏偏挑了段雲飛來表示關心，這就有些耐人尋味了。

文氏若想表現出好客之道，要挑對象關心也應該是同為女性、身為玄天門門主的方悅兒呀！

對於文氏的示好，段雲飛倒是沒有不給面子，卻也沒有接話，只是抿了抿嘴地「嗯」了聲。

對於青年有些無禮的反應，文氏竟是沒有表現出絲毫不悅，甚至還因對方有所回應而露出高興的神色。

許冷月看到林家主母也對段雲飛另眼相看，頓時覺得與有榮焉，原本含情脈脈凝望著段雲飛的眼神變得更加柔情似水。

方悅兒一直知道許冷月喜歡段雲飛，以前還覺得看這二人的互動很有趣，可現在看到許冷月的作派，她不知爲何心裡覺得悶悶的。有種明明應該屬於自己的珍寶，卻被人覬覦的不爽。

爲什麼要這樣看阿飛呢？好討厭呀！

阿飛又不喜歡妳！

想到段雲飛喜歡的人是自己，又想到對方對自己的照顧與重視，方悅兒心裡的悶氣頓時消散不少，還有些小驕傲。

隨即少女又想起段雲飛對自己的隱瞞，以及自己對這件事的猜測，不爽的指數又再次升騰起來！

其實從段雲飛和雲卓他們這些知情人士對她的隱瞞，以及方悅兒自己對這個祕密的猜測來看，段雲飛之所以偏偏只瞞著她一人，其實也是關心則亂，不想她為此煩憂而已。

只是站在方悅兒的立場，她並不希望別人打著為她好的名義，對她有任何隱瞞。

方悅兒是個十分護短的人，總想護住身邊的同伴。雖然她理解、也接受段雲飛這份心意，可是她更寧可擔憂煩心，也想在段雲飛身邊與他並肩作戰，盡自己一分心力為對方解憂。

當然段雲飛有權瞞著她，可是她方悅兒也可以自己猜出眞相！

到時就將眞相說出來，嚇死你！

方悅兒瞪了段雲飛一眼，換來青年疑惑的注視。

然而段雲飛卻完全感受不到少女的決心，反而朝另一個方向理解。

丫頭這是向我拋媚眼太用力嗎？

不得不說，段大魔王還是一如既往地對自己的魅力充滿自信。

四、盟主出關

當家作主的林易光在閉關，因此林家在向武林發放蘇志強叛逃的消息後，便暫時沒有多做什麼行動，一切待林易光出關後再說。

畢竟林靖再怎麼說也只是盟主之子，而不是真的武林盟主，有些事情他怎樣也不應越俎代庖。

連日的趕路眾人都累了，來到林家後總算能睡一天安穩的覺，這一晚眾人早早便回房休息。

一夜無夢，隔天林易光依然在閉關中。眾人無法，只得捎信讓自家門派做好隨時與魔教作戰的準備。

自從魔教重出江湖後，林家一直有在關注著魔教餘孽的動向。方悅兒他們見現在得空，便藉著林易光閉關的空閒看看相關資料。正所謂知己知彼，百戰百勝。

還記得被殲滅的魔教重出江湖時，眾門派的代表前往玄天門，請求玄天門門主為他們尋找不知所蹤的段雲飛，以確認魔教教主彭琛的生死，那時方悅兒還一副事不關己，高高掛起的模樣。

雖然因著「覆巢之下，焉有完卵」的想法，方悅兒答應了幫忙，但其實更多的只是想順道外出遊山玩水而已。那時她想著找到段雲飛後就要回家，並沒有參與白道對付魔教行動的打算。

段雲飛的武功在江湖中處於頂尖的位置，他的人情可珍貴了。方悅兒爲了武林的安寧而動用了這個人情已經很夠意思，即使玄天門在戰爭中置身事外，誰也無法責怪他們什麼。

可是卻想不到，他們與這件事的牽扯變得愈來愈深，現在因爲要抓捕蘇志強、探聽宛清茹死因的關係，玄天門反倒成了與魔教對著幹的主力軍之一。

而方悅兒以爲只是她生命中一個過客的段雲飛，在她心裡卻不知不覺變得重要起來。少女甚至還有一種往後人生也許會一直有這個人參與的預感。

想到不久前自己還是個不管事的閒散門主呢！現在卻與一眾在武林排得上名號的青年才俊一起商討正事，想想還真不可思議。

「你們有沒有發現，被魔教餘孽滅掉的其實都是些實力弱小的小門派？」林靖看著手裡的資料，皺起了眉詢問。

先前魔教餘孽才剛重出江湖還看不出來，可現在事情過了一段時間，相關資料彙集在一起，一看便看出了問題。

方悅兒猜測：「這是不是代表，魔教的實力其實在之前的大戰已幾乎消耗光，所以只能對小門派下手？」

段雲飛卻否定了方悅兒的猜測：「魔教之所以能在江湖中橫行霸道多年，自然有它強大之處。當年白道之所以能這麼輕易擊敗魔教，主要是因爲教主底下統領教眾的那些小頭領都不是省油的燈，他們一直不服彼此，只是有彭琛壓著才互相忍讓。當彭琛被我打敗後，那些小頭領立即各自爲政。當時與其說是白道擊敗了魔教，倒不如說是變得一盤散沙的魔教自個兒哄散。我記得那時彭琛戰敗的消息傳出後，有不少頭領連打都不打便帶自己部下離開了呢。眞正對抗白道、在那場大戰中戰死的魔教教眾，其實並沒有大家想像中得多。」

少女聞言，歪了歪頭問：「所以說，如果現在魔教那邊再次出現一個能統領他們的人，那麼魔教的實力其實依舊很強大？」

段雲飛點了點頭。

連瑾也認同段雲飛的說法：「的確，雖然被滅門的都是些不太起眼的小門派，可是魔教每次都能將所有人全滅，沒讓任何漏網之魚逃出求救，而且往往白道發現時已過了好一段時間。這絕對不是一般實力所能做到，而是碾壓性的滅門。」

「可是魔教這樣做的目的何在？那些門派滅與不滅，其實影響不到什麼呀！」寇秋道。

「是試探吧？」林靖猜測：「先滅幾個小門派，讓武林傳出魔教復出的消息，藉此來試探武林白道對此事的反應。也許他們還故意營造魔教餘孽實力不濟的假象，等著掉以輕心的白道什麼時候栽個大跟斗呢！」

秦承耀之前一直被蘇志強關在祕道牢房裡，他也是現在才知道原來武林中有不少門派被魔教消滅。看過那些門派的名字後，秦承耀指了指其中一個，道：「我認識這個門派的大弟子，他……也被人抓到祕道中，最終沒有捱過去。」

眾人聽到秦承耀的話，再想到當時在祕道中看到的慘況，皆是一陣沉默。

鄭偉明看了看沉默下來的眾人，對於他們說的事情一知半解，卻沒有開口詢問。雖然他老嚷著自家蛟龍幫怎樣怎樣強大，但其實也知道相較於林家、玄天門之類的大門派，蛟龍幫其實只是隻小蝦米。

方悅兒等人讓他一起議事，還願意與他共享資料，對鄭偉明來說已經是意料之外的事。因此青年十分識相地選擇隻身前來，過程中也秉承著多看少說話的原則。

「所以說彭琛果然已經死了囉！蘇志強利用魔教的人消滅一些小門派，再將那些門派的人抓回去讓他修練魔功所用……」方悅兒道。

梅煜提出了一個疑問：「可是烈陽神功不是只有魔教教主一人才能修練的內功心法嗎？爲什麼蘇志強會擁有這種功法？難道他才是魔教的教主？那彭琛在魔教中又是什麼身分？」

聽到梅煜的提問，眾人再次不約而同地看向段雲飛。畢竟眾人之中，也只有他最熟知魔教的事。

不得不說，在魔教有復興之勢時，武林白道首先尋找段雲飛的舉動，實在很有先見之明啊！

至少有段雲飛在，談及魔教的事情時，眾人才不至於對情勢一無所知。

對於彭琛的魔教教主身分，段雲飛卻是很確定：「彭琛所修練的功法的確是烈陽神功沒錯，我不知道蘇志強是怎樣獲得魔功的祕笈。也許是他與彭琛合作，祕笈是他在白道當內鬼的報酬？又或者，是蘇志強在機緣巧合下獲得，因爲修練了魔功這才選擇與魔教合作？我的猜測偏向後者，畢竟魔功是魔教教主的象徵，我不認爲彭琛會讓除了他接班人以外的人修練。」

方悅兒抿了抿嘴，道：「果然當年娘親不見的祕笈，眞的是烈陽神功？蘇家的祕道有不少擅用蠱毒的阱陷，而我的娘親則是因爲身中蠱毒而早逝……眞的是蘇志強害死了我的娘親嗎？」

聽到方悅兒的話，蘇沐華心頭激烈地跳了起來。

怎麼談著談著，父親的罪名不只修練魔功，就連方門主娘親的死亡也變得與父親有關呀!?

叛離白道就罷了，父親他該不會眞與方門主有著血海深仇吧？

有這麼坑兒子的嗎!?

蘇沐華頓時覺得自己的胃痛了起來。

然而胃再疼，逃避也不是解決問題的辦法。因此蘇沐華只得硬著頭皮詢問：

「方門主，妳說妳娘親的死亡也許與我父親有關……這到底是怎麼一回事？」

方悅兒這才想起在場不少人並不知道宛清茹的事，而這也不是什麼見不得人的事，因此便道出當年母親遺失一本不明祕笈，後來發現被人用蠱毒暗害一事。

蘇沐華聽完方悅兒的敘述後，頓時冒了一身冷汗。

因爲當年宛清茹的事件，以及聯想到與魔教有關的一連串事情，怎麼看都很像自家老爹的手筆呀！

如果宛清茹當年遺失的祕笈眞是烈陽神功，而這魔功最終被蘇志強用陰險的方法獲得的話，那現在發生的事就完全說得通了。

蘇沐華眞的好想死一死，蘇家的這爛攤子到底要他該如何收拾!?

就在蘇沐華感到生無可戀之際，一名下人傳來好消息，暫時分散了他的注意力，成功讓他停止胡思亂想。

一直在閉關的林易光，終於出關了！

❀

林易光的出關對方悅兒等人來說絕對是場及時雨，畢竟揭穿了蘇志強的眞面目後，就只等林易光這個武林盟主來主持公道了。

眾人連忙前去，果見林易光精神抖擻地等著他們。方悅兒記得眾門派派出代表到玄天門請求她代爲尋找段雲飛時，林易光雖然精神奕奕，不顯絲毫老態，可是兩鬢卻有些斑白，歲月終究在這位武林盟主身上留下了些許痕跡。

可現在看到出關的林易光，竟見他頭髮變得烏黑，雙眸更蘊藏著光芒般，亮得驚人。顯然他這一次的閉關獲益匪淺，突破後整個人煥然一新。

文氏看到丈夫這次閉關後大有所得，心裡也很高興，只是該有的態度還是要表明一下，便半眞半假地抱怨道：「你再不出關的話，我就要讓靖兒直接闖關了！你這個盟主也太不盡責了吧？老是不管事，出了大事又找不到你。我說，你把這個盟主讓給靖兒當就好了。」

蘇沐華聽到這話忍不住瞪大雙眼，心裡爲林靖捏了一把冷汗。

文氏這話是故意將林靖擺在火上烤嗎？誰知道林易光聽到這番話，會不會對林靖這個兒子心存芥蒂？

這事要是發生在蘇沐華身上，蘇志強即使不殺了他，也必定會將他軟禁起來。當權者最是忌憚他人覬覦自己的位子，即使是親兒子也一樣。

蘇沐華原本已經準備在林易光發怒時爲林靖說些好話，誰知道林易光這個武林盟主本身是個奇葩，聽到文氏的抱怨後竟覺得這主意不錯，還眞生出了退位讓賢的想法：「聽起來也不錯，這幾年我的工作大部分都由靖兒代理，他當盟主的話我也能夠放心，這麼一來我就有更多時間可以閉關了！」

「……」眾人都不知道該說什麼才好。

身爲武林白道頂尖之人，你除了武功能有些其他追求嗎？

這讓像蘇志強那些一直想要將你擠下去、努力往上爬的人情何以堪!?

他們聽到的話都要哭啦！

不同於聽到這番話後一臉無言的眾人，林靖顯然沒少聽林易光說及要退位讓賢的話，面不改色地勸阻：「爹，我年紀還輕，要是我當盟主，不說其他門派的老前輩服不服，我自己也想再多累積一些經驗再說。因此這個辛苦的位子，就只能請爹您再多擔待啦！」

林易光覺得憑自家兒子的實力，當武林盟主絕對勝任有餘。可是林靖說得也對，其他門派的人未必會服林靖的管治，還是讓他再累積一下人脈與經驗再說吧。

眾人看到林靖三言兩語便忽悠得林易光打消了念頭，不禁暗暗好笑。林易光是個出色的武者，只是他的心思全都放在練武上，對其他事物卻並不擅長，也沒有絲毫興趣。

林靖打消自家老爹當甩手掌櫃的念頭後，便簡單地向父親敘述了在蘇家發生的事。雖然林靖描述時是平鋪直敘、不帶任何潤飾，然而聽在文氏耳中仍覺得心驚肉跳。文氏也行走過江湖，自然能聽出林靖敘述的事裡的危險性。

女性總是比男性更加感性，即使是巾幗不讓鬚眉的文氏也不例外。林家主母覺得自家兒子這次在外擔驚受怕了，看著林靖的目光要說有多慈愛便有多慈愛，讓林靖怪不好意思的。

敵人是蘇志強這種武林成名已久的高手，幸好這些孩子運氣好，竟然在蘇志強手中毫髮未傷地全身而退。

不，他們不只全身而退，還反過來去圍截蘇志強了……

想到這裡，文氏的慈愛目光沒了。因爲她發現自家兒子對上蘇家家主並沒有吃虧，蘇志強絕對倒楣得多呀！

雖然文氏先前已知蘇志強叛逃的大概，但這還是第一次聽到詳情。當林靖說及方悅兒與段雲飛在祕道中發現秦承耀，以及爲他除去蠱毒的情況時，林家夫婦忍不住訝異地看向秦承耀，這才發現對方臉色的確略微蒼白，只是現在天色變得昏暗，因此一時間未有留意。

秦承耀身爲明劍派的大弟子，與林靖頗有交情，林家夫婦與他也認識。想不到他身上竟然發生這種事，就連一身功力也被蘇志強強行奪去練功，這眞是太悲催了！

幸好眼前的秦承耀眼神明亮、無絲毫頹喪之意，並未因這次的打擊而一蹶不振。

隨即林靖又談及他們前往林家時多次遇上殺手追殺，蛟龍幫便是其中一個追殺他們的幫派，因此林靖就順道把人帶回來了。

被林靖提及的鄭偉明一臉尷尬，不過當時身爲蘇家家主的蘇志強可是親自前去蛟龍幫拜託他們，幫內所有人都受寵若驚，滿心只想著怎樣完成蘇志強的委託，在這位家主大人面前好好露個臉，因此會被哄騙其實也是很正常的！

想到這裡，鄭偉明便被自己的理由說服，覺得蛟龍幫這次的犯傻其實也情有可原嘛！

看到鄭偉明從一臉恨不得找個洞鑽進去的尷尬表情，不知想到什麼後頓時又變得神氣起來，眾人都覺得莫名其妙。唯一能肯定的是，這位蛟龍幫少幫主絕對是個心大的！

林靖不理會變化著表情的鄭偉明，繼續把他們知道的事全數告知林易光後，便眼巴巴地看著盟主大人：「事情就是這樣，爹，我已經讓人通知各大門派有關蘇志強叛逃的事，現在其他門派應該都已經知曉了。我們接下來該怎麼辦才好？」

林易光想了想，問：「蘇志強逃走時特意帶走了梅夫人，你們了解那個女人的來歷嗎？蘇志強這人無利不早起，那人應該對他來說很有用處，才會在逃走時不忘將人帶走。」

林易光的話一出，眾人便看了看梅煜，再看了看蘇沐華。

畢竟這兩人應該是最熟悉柳氏的人了。前者爲柳氏的庶子，與她同一屋簷下生活多年；後者則是柳氏的姪子，是與她眞正有血緣關係的親人。

梅煜並沒有立即回答林易光的話，反而是向對方澄清道：「柳氏因爲謀殺莊主，已被逐出了山莊，現在的她並不適合繼續被稱爲『梅夫人』了。」

好脾氣的梅煜，難得這番話卻帶著強烈的個人情緒。不過想想也能理解梅煜對柳氏的不喜，先不說嫡母有沒有苛待庶子，光是柳氏殺害梅莊主，又利用與蘇志強的關係逼迫白梅山莊放走她，便足夠讓梅煜、甚至白梅山莊上下都痛惡她了。

梅煜雖然是後輩，卻是白梅山莊的繼任者，他的話便代表著白梅山莊的意思。因此林易光聽到他的回覆後，表情慎重地拱了拱手，道：「是我失言了。」

梅煜搖了搖頭表示沒關係，隨即續道：「雖然我與柳氏一起生活多年，但我身爲庶子，平常與父親他們居住的地方並不相近。我們雖生活在同一屋簷下，也一直沒有什麼交集，每天除了早上的請安，我幾乎見不到嫡母一面。柳氏從沒有談及過她的娘家，在蘇家派人要求釋放柳氏之前，我還以爲她的娘家已經沒有親人在世上了。」

梅煜的話道出了他不被重視的過去，眾人不由得想像小梅煜像顆可憐的小白菜般被親人無視的模樣，覺得這人沒被養歪簡直是奇蹟。

蘇沐華也同樣表示他對柳氏的不熟悉：「雖然柳氏是我的姑母，可是我與她相處的時間很短暫，對她的認知並不比大家多。與梅兄一樣，在姑母向我求助前，我根本不知道父親還有一個姊姊，這麼多年來，父親也從未談及過姑母的事。」

方悅兒聽到二人的話，更加覺得柳氏十分神祕。明明之前見柳氏時，只覺得她是個長得漂亮，卻沒有什麼其他特點的婦人。

這樣的一個人，甚至連武功也不會，到底有什麼讓蘇志強如此看重？難道眞是因爲親情嗎？

這個理由方悅兒怎麼想也無法相信，不見蘇沐華這個親生兒子都差點在蘇志強叛逃時被順手幹掉了，還談什麼親情唎！

也許蘇志強不是因爲柳氏本人，而是爲了她的娘家……這個娘家並不是指蘇家，而是柳氏當年失散後收養她的柳家？

於是方悅兒問：「你們知道當年收養柳氏的柳家是什麼來歷嗎？」

在蘇家要求梅煜釋放柳氏時，梅煜便曾調查過柳氏的身世，因此方悅兒一問他便答得上來：「收養柳氏的柳家只是尋常的書香世家，當年柳家老爺在遠遊時救了一名賣身葬父的孤女，結果與那名孤女兩情相悅，不顧家裡反對娶了她為妻。後來因為成親數年那女子一直未有身孕，他們便收養了與家人失散、流落在外的柳氏。」

一直在旁聽眾人討論卻插不上話的許冷月，終於找到了話題：「成親數年也沒有身孕，還不許丈夫納妾，那位柳夫人真的太善嫉了。」

方悅兒聞言愣了愣，一臉不可思議地看著許冷月。

許冷月被對方看得有些不自然，問：「方門主有什麼指教嗎？」

方悅兒搖了搖頭：「不……只是覺得同樣身為女性，妳的想法很有趣而已。要我說的話，我倒是滿羨慕柳家夫婦鶼鰈情深。」

許冷月皺起了眉：「可這麼一來便害柳家絕後了，方門主這種想法實在太自私。」

玄天門眾人聽到許冷月責備自家門主，神色頓時都變得不好看。不只玄天門，林易光等人都不贊同許冷月的想法。

江湖中人並沒有那麼多講究，無論是當家作主的女人，還是到處拋頭露面的女俠多得是。像方悅兒這位玄天門門主，不正是方毅的獨生女，在方毅死後繼承了玄天門嗎？

就是許冷月自己，也是許家嫡系的獨女。她的娘親倒是賢淑，為自己的夫君立了一堆妾室，可那些妾室卻生不出一兒半女。所以說有沒有兒子都是命，又怎能把責任全推在妻子身上？何況女兒就不是自己的親骨肉嗎？只要孩子懂事孝順，誰管是男是女呢？

玄天門眾人聽著許冷月的話，心裡都覺得很反感，心想她這麼說是故意要讓他們家門主難堪嗎？

畢竟方毅與宛清茹的情況與柳家夫婦很像，就怕方悅兒聽到許冷月的話後會難過。

至於段雲飛，看著許冷月的眼神都帶著殺意了。

早知道當初不讓這個女人跟著，省得她老是在丫頭跟前添堵！

先前無論許泠月如何套近乎，段雲飛也吝惜投以一個眼神。許泠月現在感受到對方竟然難得把視線投向自己身上，雖然被注視時，不知爲何心裡感到毛毛的……但許泠月還是有種破冰的喜悅，而那種毛骨悚然的感覺，也許只是因爲對方看她的眼神太熾熱所致？

在感情上是如此地充滿自信，這一點段雲飛與許泠月倒是十分相似。

五、告白

相較於氣憤填膺的眾人，方悅兒的反應倒是淡淡的：「所以妳很樂意替自己的丈夫納妾了？這麼說來，我的確是沒有許姑娘那麼大方。」

許冷月聞言一窒。方悅兒這番話邏輯上是不錯，可是哪家女子會樂意這樣做呀？那不是生不出兒子的無奈之舉嗎？

可是說不樂意……那她剛剛做出一副賢良淑德的模樣，不就白做了？

怎麼看都有種自打臉的感覺呀！

無論是傳出她喜歡替丈夫納妾、還是傳出她善嫉……哪個說法許冷月也不願意！

方悅兒不管一臉糾結的許冷月，繼續接著先前的話題：「柳家夫婦領養了柳氏，這有些奇怪呢！既然他們是因爲生不出孩子，若想要領養一個孩子來繼承香火，那不是應該領養一個男娃嗎？」

見方悅兒平心靜氣地繼續討論柳氏的事，並未受到剛剛許冷月那番話的影響，眾人神色這才緩和下來，只是心裡都對許冷月存了芥蒂。

許冷月並不知道自己這番平常會得到讚揚的話，在這些人面前卻起了反效果。

老實說，她對武林中的事沒有絲毫興趣，自然也不會費心去了解武林中人的想法。她之所以留在這裡，也只是因爲想抓緊段雲飛這個心上人而已。

其實這也滿有趣的。許冷月喜歡段雲飛，卻不願意去了解對方的世界，不得不說也是一種傲慢。

當話題返回正軌後，許冷月便再也接不上話了，眾人也沒有理會她的意思。

原本聽過梅煜的說明後，眾人都覺得柳家的確是很普通的人家，可當方悅兒這個疑問一出，仔細想想還眞有些奇怪。

現在蘇志強與魔教的人不知躲藏在何處，被蘇志強特意帶走的柳氏也許便是一個突破口。即使是多微細的線索，他們也不想錯過。

林靖立即表示：「我會讓人深入調查柳家的事情。」

方悅兒見林家夫婦已經了解事情始末，便提出：「雖然已經揭發了蘇志強，讓武林同道有所提防。可無論是他還是魔教餘孽，於武林終究是個隱憂。我們總不能放任他們，不然也不知還會生出什麼事端。」

少女頓了頓，率先表示出唯林家馬首是瞻的意向：「玄天門既然也是武林中的一員，這件事自然不能置身事外。林盟主，你有什麼想法的話，玄天門一定會好好配合。」

方悅兒一番話說得正氣凜然，可玄天門眾人聞言皆暗暗翻了一個白眼。心想他們的門主大人從來不吃虧，最討厭的事就是被人道德綁架去幹活。

要不是涉及到宛清茹，玄天門無法對此置身事外，不然以方悅兒的性格，絕對是收了錢才會幫忙啊！

可別與玄天門談什麼江湖責任，光看寇秋這名小神醫出診的身價，便可看出玄天門從來不會做白工。偏偏玄天門勢大，其他門派也拿他們沒奈何。

想要幫忙？可以，拿出你的誠意來！

想要打秋風的話，快走不送謝謝！

一開始林易光還苦惱著該怎麼說服玄天門幫忙呢，想不到事情竟然這麼順利，方悅兒還主動將頭領的位子讓出來了。

有了方悅兒的表態，蘇沐華代表的蘇家、梅煜代表的白梅山莊、秦承耀代表的明劍派也表達出以林家馬首是瞻的意思。

就連鄭偉明也代表蛟龍幫表態，雖然眾人未必需要蛟龍幫這種小蝦米幹些什麼，但在這種眾志成城的時候，鄭偉明還是要有所表示。

此時卻有不和諧的聲音傳出：「你真的行嗎？別蘇志強的人還沒找到，你又走去閉關了。」

眾人不約而同地看向出聲的段雲飛，只見青年一臉厭棄，顯然很不滿由林易光來帶領。

段雲飛對眾人的注視完全無感，只聽他續道：「我說玄天門比你這個盟主……嗚嗚！」

方悅兒立即摀住段雲飛的嘴巴，以免他說出什麼不合時宜的話。

要是讓段雲飛大剌剌地說出林易光比不上她方悅兒，那就玩大發了！

先不說這種比較到底有多得罪林家，關鍵是玄天門絕對不想當這個出頭鳥呀！

她只想混在這些門派之中調查母親的死因而已，並不想當個煩心的領導者，管這麼多煩心事會少年禿的！

原本以段雲飛的實力，方悅兒絕對摀不住他的嘴巴。事實上當少女出手時段雲飛是打算避開，只是不知怎地神差鬼使停住了閃避的動作，隨即方悅兒的手便按上了他的嘴。

段雲飛只覺少女的手掌小小、軟軟、香香的，頓時心神一蕩，只覺嘴巴上傳來的觸感非常美妙，恨不得這情況能一直持續下去。

「欸，你別亂說話呀！」方悅兒並不知道段雲飛此刻心裡所想，還在奇怪這次段大魔王怎麼這麼乖，讓他閉嘴便閉嘴了。

方悅兒把手移開，果見段雲飛沒有繼續找她的麻煩，對上到她的視線時，還向她討好一笑，怎麼看怎麼乖，彷彿剛剛口出狂言還拖玄天門下水的人不是他。

少女看了看裝無辜的段雲飛，擔心他得罪林家，便撇了撇嘴巴為他開脫道：「不用理會他！他這個人就是喜歡說冷笑話！」

聽到方悅兒的話，段雲飛一臉黑線，而雲卓等人則是一副想笑，又不好意思當著當事人面前笑的模樣。

把前魔教副教主說成喜歡說冷笑話，真虧方悅兒能面不改色地說出這詭異的人設。

林易光夫婦並不介意段雲飛的無禮，他們反倒因方悅兒對青年的影響力而驚訝。夫婦倆求證般地看向林靖，便見兒子向他們用著嘴型無聲地說道：「雲飛喜歡方門主。」

心裡的猜測獲得證實，林家夫婦都露出訝異的神情。隨即他們看向方悅兒的眼神都變得更加慈愛，態度也隨之轉變，竟像是照顧著自家女兒般親暱，弄得方悅兒一頭霧水。

不過有人喜歡總歸是好事，方悅兒也就坦然接受了他們的親近。

方悅兒的母親在她很小的時候便去世了，父親又是個與她相處時非常冷硬、彼此親近不起來的武痴。至於雲卓他們，雖然疼她，卻是對妹妹的寵愛。

方悅兒已經很久沒有感受過這種來自長輩的關愛了，不由得感到溫暖又懷念。

段雲飛看到林家夫婦對待方悅兒的態度，一副被他們的反應取悅到了的模樣。原本總是對林家人鼻子不是鼻子、眼睛不是眼睛的段大魔王，難得賞了他們一個溫和的眼神。原本是很不爽聽林家的號令、只差沒爲玄天門搖旗吶喊要推方悅兒上位的態度，現在也沒再提出反對的意見了。

見段雲飛默認了林易光的領導位子，林靖暗暗吁了口氣。

段雲飛身爲前魔教副教主，是他們之中最爲熟悉魔教的人。而且因爲他親手擊敗彭琛的豐功偉績，也讓白道中人對他的站隊意向及實力非常放心。

畢竟連彭琛這個魔教的頂頭上司都能幹掉了，人們根本不會往這是魔教的陰謀這方向去想，同時段雲飛武功之高也可想而知。

因此在這次對抗魔教的戰鬥中，段雲飛的存在便變得很重要，而他的意見也勢必受到眾門派重視。

要是青年堅持反對讓林易光來主持，只怕還眞能動搖到林易光在這次行動中的領導位子。

到時手心是肉，手背也是肉，這讓林靖該怎麼辦呢？

見林靖鬆了口氣的模樣，方悅兒挑了挑眉，覺得這段小插曲可有意思了。

正常來說，當段雲飛與林易光對上時，林靖理應毫不猶豫地站在林易光那邊才對。然而事實上，林靖卻表現得很爲難，對此猶豫不決。

方悅兒不知道雙方的矛盾如果繼續進展下去，最終林靖會選擇幫哪一邊。可是林靖的這番猶豫，卻能看出段雲飛在他心裡眞的有著很重的分量，甚至能讓他在段雲飛與自己父親之間猶豫。

同時林易光的反應也很耐人尋味。他看起來雖然是個不理事的老好人，但如果他眞像外表那般無害，那麼早已會被充滿野心、把他視爲擋路石的蘇志強幹掉，哪還能穩坐武林盟主之位這麼多年？

偏偏林易光卻與文氏一樣，面對段雲飛時有著超乎尋常的耐性與忍讓。這次被段雲飛如此質疑，他也沒有表達出絲毫不悅。

另外，段雲飛的表現也挺有意思的，他明擺著就是故意爲難林家父子。方悅兒敢肯定，他們之間絕對有著不爲人知的恩怨！

方悅兒眼珠一轉，道：「我們玄天門與蘇志強有著私人恩仇，我娘親的死亡或許與蘇志強有關，這件事林公子也是知道的。這一點我們與林家也是連成一氣，既然現在確定蘇志強有在偷偷修練魔功，那麼當年前往林家、利用魔功誤殺一名林家親戚孩子的人應當是蘇志強無疑了。」

說罷，方悅兒嘆了口氣，惋惜地說道：「可憐那個孩子小小年紀便沒了性命，蘇志強連無辜的孩子也能打得下手，實在太心狠手辣了。我們一定不能姑息這樣的惡徒，不然往後也不知還有多少人受害！」

聽到方悅兒提及當年的慘案，林家三人全都神色一變。有趣的是，明明與此沒有關係的段雲飛，神色也同樣變得不好看。

林易光並沒有針對方悅兒說的事再多說什麼，而是話題拉回對蘇志強一事的處理：「承蒙大家的信任，既然各位都願意聽我的安排，那我便說一說對此事的意見。蘇志強曾身爲蘇家家主，在江湖中有著舉足輕重的地位。他叛逃一事事關重大，我認爲也是時候該召開武林大會了。」

雖然林易光轉移話題的方法實在很生硬，不過一提及「武林大會」四字，眾人全都被他的大手筆吸引了注意力，誰還在意林易光是不是故意轉移話題呢？

舉行武林大會，這是唯獨武林盟主才有的權力。而林易光成爲了盟主這麼多年，也才只舉辦過兩次呢！

第一次，是林易光當著所有武林同道的面前，讓幾名江湖中德高望重的老前輩確認了他與獨生子林靖都沒有修練泫冰心法，之後當眾燒燬林家藏有的泫冰心法上卷。

第二次，則是收到消息段雲飛會對魔教教主彭琛出手，早已看不下魔教殺戮太過的林易光選擇相信了段雲飛，組織白道人士攻打魔教。

前兩次的武林大會方悅兒都沒有參與，她想不到這次自己有幸參加，而且還會是主辦者之一。

想到這裡，方悅兒還真有些小激動呢！

❀

舉辦武林大會這事聽著霸氣，可是要商討的瑣碎事項並不少。即使每個門派只來些重要人物，也是不少的人數。

舉辦方要找一個適合的地點，也須要安排各種接待事宜。何況各門派應召前來都需要時間，因此即使他們心裡再想要對付蘇志強，也不是一時三刻就能辦到的事。

方悅兒聽著眾人商討武林大會的各種事宜，不禁慶幸自己有著幾個出色的堂主可以代勞這些煩心事，她只要在大會那天代表玄天門去露面就好。

要商討的事實在太多，會議遲遲沒有結束，眾人匆匆吃過晚膳便要繼續安排武林大會的各種事情。方悅兒乾脆將餘下的事項都交給了四大堂主決定，自個兒先閃了。

畢竟重要的大事已經確定完畢，剩餘的瑣事她即使留下來也幫不上忙嘛！

玄天門一向奉行堂主大人負責賺錢養家，門主大人負責貌美如花。晚睡是美容大敵，身爲吉祥物的門主大人，要無時無刻保持著美美噠的模樣也不容易吶。

從會議中解脫出來的方悅兒，心裡爲深陷在會議中脫不開身的眾人點了根蠟燭，仰天四十五度作憂鬱狀，卻讓她看到屋簷上坐著一道人影，嚇得頓時差點閃了脖子！

就連麥冬也嚇得把毛都豎了起來，整隻松鼠體積立刻蓬了一圈！

「阿、阿飛！你也逃掉會議了嗎……不對！你在這裡做什麼？差點被你嚇死了！」看清楚坐在屋簷上的是人是鬼後，方悅兒氣呼呼地抱怨。

段雲飛挑了挑眉，揶揄道：「正所謂『平生不做虧心事，夜半敲門也不驚』。妳到底做了多少虧心事，只是看到一個人影就嚇成這副樣子？」

方悅兒瞪大一雙杏眼：「抬頭驚見上方有人坐著，任誰都會嚇一跳呀！」說罷，方悅兒便使出輕功掠上屋簷。

少女才剛踏足瓦片上，立即便嗅到一陣淡淡的酒香。

「我就奇怪你躲在上面做什麼，原來是在這裡偷喝酒！」方悅兒自覺抓到段雲飛的把柄，眼眸頓時閃閃發亮。

看著少女洋洋自得的模樣，段雲飛忍不住莞爾：「不然呢？妳以爲我在這裡做什麼？」

方悅兒坐在段雲飛身旁，歪頭看著他，道：「傻瓜與貓都喜歡高處，所以你坐在這裡說不定根本就沒有原因，只是因爲你是個傻瓜？」說罷，少女便咯咯地笑了起來。

雖然方悅兒這麼說，但其實她覺得段雲飛並不傻，不過對方任性又高傲的性格還眞的挺像隻貓。

不不！「阿飛」明明是玄天門的看門狗呀！

腦中閃過這麼一句話，方悅兒反應過來後，就更是止不住笑了。

段雲飛看著自個兒傻樂起來的方悅兒，覺得自己來到林家後變得冷硬的心就像流進了一股溫泉，心裡暖乎乎的，覺得很溫暖。

突然之間，他有種想對方悅兒傾吐一切的衝動。

段雲飛倒了一杯酒給方悅兒。明明獨酌只需一只酒杯就足夠了，然而拿著酒躍上屋簷時，他下意識帶了兩只上來。

也許在他的心裡，也是很渴望在失意傷心的時候，能有一個人待在自己身邊的吧？

「要嚐嚐嗎？這酒並不烈，妳也可以喝的。」

「哼！別以爲這樣就可以收買我！我要向寇秋告發你，說你又躲起來喝酒！」少女接過段雲飛遞來的酒杯，俏皮地朝他皺了皺鼻子。

麥冬似乎很喜歡這酒的香氣，跑到方悅兒的手臂上，前肢抱住少女拿著的酒杯不肯撒手。

雖然方悅兒是練武之人，可是小松鼠在冬季時胖了一圈，少女還是感到這重量有些吃不消：「麥冬你下來啦！重死了！」

段雲飛笑著搖了搖頭，隨即便放下自己的酒杯，並往麥冬的方向推了推。

小松鼠立即喜孜孜地放過方悅兒，一蹦一跳地躍至酒杯前，前肢抱著酒杯便開始秀氣地舐起杯裡的酒水來。

少女看著麥冬憨態可掬的可愛模樣，被逗得又笑了起來，道：「你怎麼給麥冬喝酒呀？幸好麥冬的體質與眾不同，其他松鼠的身體可受不了！」

「放心吧，我就是知道牠受得住才讓牠喝。這小傢伙都把白水藍粉末當食物吃了，喝些酒絕對只是小事而已。」段雲飛咧嘴笑道：「現在麥冬都是我的共犯囉！」

方悅兒翻了翻白眼：「我就說你這個酒鬼怎麼會如此豪爽請我喝酒，原來是找人來當共犯呀！我說……你的身體到底有什麼問題呢？既然寇秋不讓你喝的話，那酒水必定是對你的身體有害，你還是多遵從醫囑吧！」

想到這酒也許會損害到段雲飛的健康，方悅兒便生出想奪走對方酒杯的衝動。

只是轉念一想，自己又不是段雲飛的誰，憑什麼去管他喝酒不喝酒呢？

方悅兒不知爲何覺得心頭一陣苦悶，尤其覺得手中的酒特別可恨，便洩憤般地把酒喝下。

段雲飛只以爲方悅兒是單純因爲他喝酒而不高興，並不知少女的心思都轉了幾個彎了。

見心上人似乎眞的有些生氣了，青年立即解釋：「我喝這酒沒關係的，這是寇秋特意爲我調配的酒，喝了反而對身體好呢……」

段雲飛說到這裡，略帶猶豫，隨即想通了什麼般地釋然一笑，神態瀟灑又帶著意有所指的撩撥：「以前我是不太理會這些細節，可現在我有了喜歡的人。爲了能夠與她白頭偕老，我怎樣也要管好自己的身體呀！」

方悅兒「噗」地把口中的酒噴了出來。

這是什麼神展開？

他要向我告白嗎？是要向我告白吧!?

六、遇襲

方悅兒被酒水嗆到後，咳得驚天動地，段雲飛被她的反應嚇了一跳，立即上前輕拍少女的背部。

方悅兒咳得面紅耳赤，一時間狼狽萬分，什麼旖旎的氣氛都沒有了。

少女努力想要止住咳嗽，然而這種事可不是說想要止住就能止住的。她邊咳邊滿心懊惱，責怪自己怎麼就這麼沉不住氣呢？

弄得情況這樣尷尬，要是段雲飛覺得氣氛不好，因此打住告白的話那怎麼辦!?

這種想法浮現後，方悅兒愣住了。

其實對於段雲飛的告白，她是期待的吧？

因爲……她也喜歡對方……

方悅兒終於止住了咳嗽，抬頭看著一臉心疼地輕拍自己背部的段雲飛，心裡一陣恍然。

她見過段雲飛的眾多表情，瀟灑的、狂傲的、生氣的、鬱悶的……可是這種把他人視爲珍寶、萬分疼惜的神情，卻只會因她出現。

其實，段雲飛這個人，她早就喜歡上了吧？

既然如此，又怎須要拘泥由誰主動開口呢？

方悅兒霍地抬頭，凝望著段雲飛一雙紅褚色的眸子，認眞地說道：「阿飛，你其實很喜歡我對吧？」

雖然少女這句是問話，可是語氣卻相當肯定。

方悅兒的話就像枚炸彈，段雲飛只覺腦海裡轟的一聲，思緒頓時變得亂糟糟。他不知道方悅兒這麼問是什麼意思，腦中各種思緒迅速閃過。

丫頭什麼時候發現的？

她是想向我攤牌嗎？

難道她對我的喜歡感到厭煩，想要拒絕我？

無論段雲飛平常有多自信，面對心上人的感情審判時，也不免忐忑不安起來，甚至連說話也有些結巴了：「妳……是的！我、我……我心悅於妳！」

正因爲重視、正因爲珍惜，所以才會過於在乎對方對自己的想法。

這樣子的段雲飛，傻得可愛。

方悅兒看著對方緊張得連話也幾乎說不清楚的青澀模樣，不知爲何心裡覺得滿滿的。眼眶一熱，少女上前緊緊抱住一臉像在等待著審判的段雲飛。

段雲飛下意識接住了往自己撲過來的少女，頓覺軟玉溫香抱滿懷，一時間不知雙手該往哪放才好。

反倒是方悅兒卻沒有絲毫顧忌，緊緊抱住了段雲飛，整個人窩在青年的懷裡。

少女把臉埋在段雲飛的胸口，悶悶的聲音傳出：「笨蛋阿飛，我也喜歡你！」

聽著方悅兒的告白，段雲飛彷彿看到眼前盛放出眾多美麗的花朵，又彷彿看到無數煙火砰砰地在夜空中綻放。

段雲飛在這一刻，充分理解到什麼叫作「心花怒放」！

「丫頭，我……」心裡狂喜的段雲飛正要順勢與方悅兒表白，好確定彼此的情侶關係，卻驚見一道黑影掠上了屋簷，伸手便要往方悅兒背後一掌拍下！

剛剛兩人的心情都處於激動狀態，段雲飛也因被方悅兒突然喊破了心裡想法而慌張不已，心情乍驚乍喜之下，難免失去了身為江湖中人應該隨時保持著的警戒。

此時微風吹過，吹開了遮住月光的雲朵。段雲飛在月光映照下看出偷襲者的面容——正是被他們揭發了真面目、叛離白道的蘇志強！

蘇志強露出猙獰的笑容，通紅的雙目滿是殺意。此刻他就像惡鬼般，一掌便向方悅兒背後擊去！

情況緊急之下，段雲飛抱住方悅兒直往外一滾，把自己的後背對敵人，並緊緊將少女護在懷裡。

蘇志強眼中閃過一絲訝異，然而手上的動作卻沒有停頓，蓄力的手直直往段雲飛身上擊下！

自從被方悅兒等人發現了他修練魔功，他逼不得已叛逃後，與正道爲敵的蘇志強並沒有如眾人所猜測那般躲藏起來。蘇志強反而派出眾多殺手拖著方悅兒等人的腳步，並先一步來到了林家，看看能否趁著林易光沒有防備之下出其不意地把人幹掉。

只可惜林靖早就讓林家提防著他，蘇志強眼看先前的計畫不可爲，便待在城中伺機而動。正所謂最危險的地方，也是最安全的地方，方悅兒等人再怎麼猜測，也想不到蘇志強與他們距離竟然這麼近。

蘇志強得知方悅兒等人抵達林家後，便藉著夜色偷潛進入，看看有沒有可乘之機，結果還眞讓他找到一個偷襲的好機會。

趁方悅兒與段雲飛落單、心神大亂之際，他抓緊這個機會毫不猶豫地出手了！之所以選擇向方悅兒下手，主要是少女除了貴重身分之餘也比較容易得手。蘇志強這一掌並沒打算要了她的命，要的是用烈陽神功打傷方悅兒。

要是玄天門門主重傷，到時玄天門即使恨他恨得要死，也得先放下一切主力爲方悅兒治療，再也沒心思去管他和魔教的事了。

更何況被烈陽神功打傷的人，會一直受到火毒入體的煎熬。方悅兒那微弱的內力，根本無法憑自己的力量逼出火毒。

除非玄天門能找到失傳已久的泫冰心法讓方悅兒修練，又或者方悅兒本身內功修練至登峰造極，不然就只能依靠修練烈陽神功的人爲她解除。到時玄天門還要反過來把他供著，讓他爲自家門主逼出火毒呢！

蘇志強心裡的算盤打得劈啪作響，利用方悅兒的傷勢來控制玄天門，到時他可以操作的地方就多了。

至於方悅兒身邊的段雲飛，卻被蘇志強直接無視了。

段雲飛的武功再高又怎樣？他打完人就跑，又不會蠢得留下來與對方生死相搏！

蘇志強懷著這如意算盤，看準時機迅速出手。這一擊只許成功不許失敗，他把接下來的各種變招與應對方法也預先想好，他的襲擊出其不意，無論段雲飛拉著少女往哪個方向躲，蘇志強也有自信能擊中方悅兒。

然而蘇志強卻想不到，段雲飛竟然完全不顧自身的安危，用自己的身體來爲方悅兒擋住這一擊！

感覺到手中的力度實實在在打到了段雲飛身上，蘇志強卻沒有絲毫喜悅感。他心裡後悔死了！

早知段雲飛會爲方悅兒擋這一掌，他就不會留力，直接把對方一擊斃命了！吉祥物般的方悅兒與段雲飛不同，要是他殺死方悅兒的話，不單無法爲自己帶來什麼優勢，反倒會使玄天門與他不死不休。把人重傷，反倒更能利用對方的傷勢爲自己謀利。因此向方悅兒出手時，蘇志強並沒有出盡全力。

至於段雲飛卻是白道之中除了林易光，爲數不多能擊敗他的人物。要是這次能成功擊殺青年，那麼白道那邊便少了一個重要戰力，到時自己也能輕鬆得多。

可惜現在任蘇志強再怎麼後悔也來不及了，不過既然都把人重傷了，要將青年殺死也並不是完全沒有機會。何況烈陽神功除了會在敵人身上留下難以消褪的火毒，還有一個可怕之處，便是能吸取他人的內力！

只是前者使用較爲隨意，而後者卻得花費不少心思。吸取內力時須要一直與對方身體接觸，可在戰鬥中敵人怎會不反抗地任他下手呢？因此蘇志強一直偏好把人制住、利用蠱毒壓制對方的活動能力後，這才慢慢享用這些獵物。

如果在以前與段雲飛對戰，蘇志強絕不敢使用烈陽神功的第二種能力。只是現在對方已被他重創，還承受著火毒的侵蝕，這麼大好的機會，蘇志強不趁他病取他命就對不起自己了！

想像著很快便能把段雲飛一身雄厚的內力據爲己有，蘇志強便興奮萬分。

方悅兒因爲被段雲飛穩穩護在懷裡，而且臉正好埋在青年的胸口，一開始她根本不知道發生了什麼事，只感到段雲飛突然抱住她便轉身往外倒去，隨即一股強大的衝擊襲來，兩人雙雙從屋簷掉落！

在他們要摔落於地時，受傷的段雲飛勉強用輕功帶著方悅兒安然著地。這動作卻讓他彷彿使盡最後的力氣，只見青年腳步踉蹌、雙腿一軟倒下，要不是方悅兒及時攙扶，只怕他便要摔倒在地了。

方悅兒一臉慌亂地扶著段雲飛，隨即便發現到那個不應出現在林家的不速之客：「蘇志強！」

明明前一秒兩人才剛確定了彼此的心意，下一秒段雲飛卻爲了保護自己而受了重傷，方悅兒實在恨死了蘇志強。只是以她三腳貓的戰鬥力，不要說爲段雲飛報仇，不扯後腿就不錯了。

還不待方悅兒多想，蘇志強便已經欺身上前。受了傷的段雲飛咬牙將方悅兒推開一旁，隨即拔劍迎了上去。

然而現在的段雲飛只是強打精神來應敵，他的一身武學連三成功力都使不出，連連被蘇志強壓著打。

弄出這麼大的動靜，理應很快便有林家的下人前來查看才對，只是至今卻仍無人出現，也不知附近的下人到底被蘇志強怎樣了。

此時自身難保的方悅兒也顧不上其他人的安危，她迅速退開戰圈，並取出一枚沖天炮射至天上。

這沖天炮是經玄天門特意改良過，外觀小巧，可隨身攜帶作傳遞訊息之用。方悅兒本沒有攜帶的習慣，還是上次掉落井底失蹤一事嚇到了眾堂主，他們特意讓她帶上的。堂主們更千叮萬囑下次再發生什麼事便要少女往天空放，他們看到後會盡快趕來。

當時方悅兒只想著帶在身邊有個保險也不錯，卻想不到竟然這麼快就用得上。放出沖天炮以後，方悅兒再度將視線投往戰場，看到段雲飛明顯落了下風，再這麼打下去很快便會落敗。少女焦急地思考著有什麼辦法在援軍來到前爲他爭取時間，立即想到平常與自己一直形影不離的戰鬥力……

怎麼剛剛蘇志強偷襲我們的時候，麥冬沒有出手？

這麼一想，方悅兒連忙抬頭往屋簷看去，便見一條毛茸茸的白色尾巴垂下了屋簷，還悠閒地搖了兩下。

方悅兒想起先前段雲飛把手中的酒給了麥冬喝……那小傢伙該不會喝醉了吧!?

少女嘴角一抽，已完全不指望那隻醉得都快要從屋簷掉下來的小松鼠。

她只好將視線投回戰場，卻正好看見段雲飛再次被蘇志強一掌擊中，接著蘇志強便抓住了受傷的段雲飛！

「阿飛！」方悅兒急紅了眼，然而僅餘的理智卻讓她知道，現在跑過去只會讓情況變得更糟糕。

眼睜睜看著段雲飛受苦卻無能爲力，方悅兒只覺理智與情感彷彿要把她整個人撕裂，心裡痛得無以復加。

蘇志強完全不把方悅兒放進眼內，抓住段雲飛便要往外跑。他這一掌加大了殺傷力，殘留在段雲飛體內的火毒確保他全無反抗之力。

只要一想到很快便能將段雲飛一身內力據爲己有，蘇志強眼中便閃過一絲狂喜。他現在急須增強實力，好對抗以林易光爲首的一眾正道門派。這次能出其不意地抓捕到段雲飛，實在是意外之喜。

方悅兒見蘇志強抓著段雲飛便要往外走，終於再也忍不住，取出一枚藥丸便要吞下，卻見身受重傷、彷彿無力掙扎的段雲飛突然向蘇志強出手，用以牙還牙的氣勢狠狠打了蘇志強一掌！

在段雲飛倏地發力掙脫箝制時，蘇志強立即便知道不好了，往後想要退開，然而一動卻驚覺體內內力運行窒礙，無法順利行動之下，硬是結結實實地捱了段雲飛一掌。

這種內力窒礙的感覺蘇志強並不陌生，烈陽神功雖然能吸取他人內力爲己所用，可是每個門派的內力都有著不同的屬性與特點。要是吸取的內力過於紛雜，便會在運行內力時造成窒礙。嚴重甚至會輕易導致走火入魔。

一開始修練魔功時，年輕氣盛的蘇志強曾急於求進，結果好幾次造成內力紊亂。吃過幾次苦頭後，他吸取內力時都會特別注意，並不會同一時間吸取超過兩人的內力，而且每次都會閉關至完全將所吸取的內力消化成自身力量爲止。

這次再遇上久違的內力紊亂，還在如此關鍵的時刻發作，蘇志強都傻眼了。

不應該呀！明明前一次吸取的內力已經全部化爲己用，何況這次自己只是在擊傷段雲飛時順道吸取了對方些許內力，不應該會出現內力窒礙的情況啊！

而且段雲飛不是被自己打傷了嗎？還一連兩次！

此刻對方應該正受著火毒之苦才對，怎麼還有力量反擊？

蘇志強百思不得其解，然而無論如何現在形勢已經逆轉，他很快便發現自己的預計大大失算。段雲飛是受傷沒錯，但絕不是他所以爲的沒有還擊之力。再加上方悅兒放出的沖天炮，很快便會引來林易光等人。

先前蘇志強很有自信抓了人就跑，可他現在無法順利使用內力，還被段雲飛所傷。要是林易光等人趕過來，他沒有全身而退的自信。

明明是解決段雲飛的大好機會，可是他已無法拿下對方；現在不跑，要是待林易光他們趕來便跑不掉了。最氣人的，便是方悅兒還躲得遠遠的，蘇志強想在離開前再做什麼也沒有辦法。

蘇志強衡量再三，也只得鬱悶地選擇撤退。

確定蘇志強離開後，段雲飛便力竭般地摔倒在地，並「嘩」地嘔出一口鮮血。

「阿飛！」方悅兒連忙上前把人扶起，用衣袖小心翼翼地抹去對方嘴角的血跡，完全不在意會染污衣袖上那些精緻的刺繡。

此時援軍終於趕到，不只玄天門眾人，就連正在議事的林家三人、蘇沐華和梅煜等人全都過來了。

就連許冷月也聞聲而至，畢竟突然有人在林家放出一個沖天炮，怎麼看都不尋常。只是她也留了個心眼，因爲沒有參與會議，她是最早來到現場的人，然而當下卻只是遠遠躲在一旁察看，直到林易光等人出現時才現身。

發現沖天炮後趕來的一眾援軍，率先看到的是幾名被蘇志強擊殺的下人。林家三人頓時露出憤怒又難過的神色，這裡的下人全都是侍奉了他們多年的老人，對於林家人來說，等同於半個家人了。

這些下人無辜被殺害，林家三人實在既痛心又憤恨。他們暗下決心，無論凶手是誰，也一定要誅殺這個潛入林家殺人的凶徒，以慰亡者在天之靈！

玄天門眾人看到這些屍體時則是急紅了眼，沖天炮是他們給方悅兒的，不到危急關頭方悅兒不會點燃。他們實在難以想像自家門主到底遇上了什麼事，須要出動沖天炮來求救。

那些下人屍體的出現，代表有一個下得了殺手、心狠手辣的凶徒潛入了林家，而且方悅兒十之八九還遇上了這人。

方悅兒的武功不行，身邊雖然有麥冬這個小保鏢在，然而遇上眞正的高手，光憑麥冬並不能支撐太久。

看到玄天門眾人焦急的神情，一直在庭園外圍探頭探腦，卻不敢接近戰場的許泠月眼神閃了閃，更加確定那枚沖天炮是誰放出來的了。

如果方門主出了什麼事……如果那個人不在的話……

段公子一定會很難過吧？畢竟他那麼喜歡方門主。

要是我多關心他、留在他身邊安慰他，段公子說不定就能看得到我的好了……

許泠月心裡不禁生起了陰暗的心思。

她大概是在場的人之中，唯一希望方悅兒出事的人了。

可惜當許泠月跟隨著眾人趕到戰鬥現場時，卻失望了。

許泠月期盼著被入侵者殺掉的方悅兒毫髮未傷，相反地，她的心上人段雲飛卻倒臥在地，狀況看起來非常不好。

「段公子！你怎麼了？」許泠月大吃一驚，立即便向段雲飛跑去。

以半夏爲首的侍女們卻擋住了她的去路：「許姑娘，我們寇堂主會全力救治段公子的，請妳就別過去添亂了。」

在侍女們與許冷月說話的同時，寇秋已來到段雲飛身邊，仔細檢查他的傷勢。爲了讓寇秋方便診治，也希望倒地的段雲飛比較舒服，方悅兒讓段雲飛的頭枕在自己的大腿上。

許冷月看到這一幕，心裡的嫉火頓時嗖嗖地生起：「可是方門主怎麼就能留下來呢？」

許冷月嫉妒得要死，她也很想過去向段雲飛表現她的溫柔體貼呀！偏偏這些侍女卻阻擋住她，憑什麼？

爲什麼我過去就是添亂，方門主留在那邊就是幫忙!?

而且方門主她、她……她竟然讓段公子躺在她的大腿上，實在太不知羞恥了！

許冷月心裡不服，覺得半夏根本就是故意與她作對，故意把她與方悅兒差別對待。

聽到許冷月反駁的話，侍女中最伶牙俐齒的山梔說道：「因爲寇堂主聽門主大人的話呀，所以門主大人自然要在旁監督了。話又說回來，現在許姑娘對段公子的傷勢表現得這麼緊張，可是我看見妳早就過來了，卻只是在遠處一直徘徊不肯過來呢！」

被山梔直接點出她其實早就到達，只是爲了自身安全而躲在一旁，許冷月不禁有些心虛。

雖然她很想理直氣壯地說自己只是個手無縛雞之力的弱女子，即使過去也幫不上什麼忙。可是許冷月很快又想起，方悅兒不久前才與段雲飛一起共度患難呢！要是這番話被段雲飛知道，雙方的表現在青年心裡一比，絕對高下立見。到時她別說在段雲飛面對表現溫柔體貼了，不惹他厭就已是萬幸。

於是許冷月只得暫時偃旗息鼓，也不急著往段雲飛面前湊了。

見許冷月老實下來，半夏等人輕蔑地看了一眼後便無視她了。一開始覺得這女的除了傲氣了些也沒什麼，可是相處久後，就覺得許冷月這人實在太自私，絕對不能與她深交。

看看這人都幹了什麼？看到沖天炮後即使擔心會惹火上身，自己不敢過去就算了，可她難道不會去找人來幫忙嗎？

當時他們將沖天炮交給方悅兒的時候，許冷月也在場，她不會不知道這枚沖天炮意味著什麼。

說不定許冷月還希望門主大人死掉，好爲自己在段雲飛的心裡騰位子呢！

侍女們憤憤地想著，不得不說她們眞相了。

七、内幕

此時寇秋已爲段雲飛做了初步診治，少年確定段雲飛的狀況後暗暗鬆了口氣，看著青年全身虛弱地躺在方悅兒大腿上，卻生氣地瞪了他一眼。

裝！讓你裝！

段雲飛一臉無奈：我也不想呀！可是有些事也不是能在大庭廣眾之下顯露出來的。

二人用視線進行著短暫的交流，方悅兒卻被寇秋的沉默嚇到了。

秋天診斷後一直默不作聲，而且眼神還莫名地十分猙獰呀……難道阿飛他的狀況很不樂觀？

也對，他可是被蘇志強狠狠打了兩掌呢！

「秋天，阿飛他怎麼了？」方悅兒焦慮地詢問。

蘇志強修練的烈陽神功是火屬性的功法，段雲飛被擊中的衣服位置都燒焦了，露出裡面燒灼的傷口。傷口除了冒出灼傷的焦紅與水泡，還浮現點點火紅的閃光，正是魔功令人聞風喪膽的火毒！

寇秋聽到方悅兒的詢問，連忙保證道：「段大哥的傷勢很重，但只要治療得

當，往後再好好療養一番便不會有大問題。」

少年說罷，便向林易光道：「林盟主，段大哥的傷勢不宜移動，我須要即席爲他治療。只是現在人比較多……」

林易光聽到少年的話，連忙表示：「那我們先回去吧！只要段少俠沒事就好。至於那個闖入林家的人一事，一會兒我們再商議。」

寇秋的未言之意很顯然是不方便在眾人面前爲段雲飛療傷，武林中有不少獨門絕技也是不宜外傳的，寇秋這做法於情於理。梅煜與蘇沐華等人並不是不識趣的人，聞言也主動告辭了。

然而此時重傷的段雲飛卻出言挽留，道：「林前輩請留下……打傷我的人是蘇志強……」

能打傷段雲飛的人屈指可數，眾人對此早有猜測，然而得知眞是蘇志強潛入了林家，還是對此震驚萬分。

林易光身爲林家家主，更是氣得臉上一陣紅一陣白。想不到他們還未去找蘇志強，對方竟然這麼大膽地找過來！

而且那人如果就是當年來林家傷人的人，那麼便是第二次在林家放肆了！第二次！

要是這件事傳了出去，林家都要成江湖中人的笑柄了！

不過現在也不是想著林家名聲的時候，他們必須知道蘇志強潛入林家的目的，另外，段雲飛這個傷患也急須救治。

最終林家三人留了下來，其他人則是先行離開。許泠月有些不甘心就此離去，不過見蘇沐華等人都離開了，她也不好強行留下。

當要走的人都離去後，寇秋便把段雲飛扶了起來，讓他席地而坐。只見少年沒好氣地說道：「人都走了，你就自己坐好吧！別再佔門主大人的便宜！」

方悅兒聽到寇秋的話，驚訝地瞪大一雙杏眼：「阿飛的傷是裝的!?」

段雲飛覺得冤枉死了：「怎麼可能是裝？妳看看我的傷口，這是能夠裝出來的嗎？」

方悅兒一想也覺段雲飛說的對，他的傷口還閃著代表身中火毒的光點呢！這情況絕對是傳說中被魔功傷到的模樣。

而且在蘇志強出手的時候，方悅兒也親眼看到段雲飛有被擊中受了傷。

然而這麼一來，她又弄不清寇秋那番話的意思了。被烈陽神功傷到，這不是難以治癒的傷勢嗎？

寇秋沒好氣地說道：「對其他人來說，烈陽神功造成的傷勢也許會很致命沒錯。然而魔功的攻擊力放到段大哥身上，反而是大打折扣。而且火毒的殘留也不是問題，段大哥有得是辦法將火毒逼出來。」

方悅兒聽到寇秋這番話說得肯定，這才安下心。然而少女心情緩下來後，看著段雲飛的眼神卻變得危險起來：「所以說，阿飛剛剛是故意在裝柔弱啊？」

「我是真的柔弱呀！我可是實打實被蘇志強打了兩掌呢！傷勢不致命沒有後遺症，不代表不嚴重！」段雲飛被盯得超級委屈。他容易嗎他？為了保護心上人而受傷，現在反而還被對方懷疑自己故意裝死佔便宜！

我才沒有故意佔便宜……好吧！是有一點點……只有一點點是裝的！

段雲飛心裡委屈，而且三分的委屈還讓他表現出十分來，方悅兒被唬得一愣一愣的，最後還是心軟了：「我又沒說不信你。你真能逼出火毒嗎？要是沒問題便事不宜遲，拖那麼久辛苦的人還是你自己啊！」

其實段雲飛能夠對抗火毒一事，方悅兒早就有所猜想。比如當時那碗泛涼的藥湯，比如他的內力能壓制那個修練了魔功的蒙面人，比如他徒手按熄松鼠花燈上的火焰，手卻沒有絲毫損傷……

只是關心則亂，在看到段雲飛被烈陽神功所傷時，方悅兒滿腦子都是魔功歹毒的殺傷力，卻全忘了先前自己所有的猜測。

現在確定段雲飛沒有大礙，少女緊繃的神色這才有些鬆動，也開始有餘裕去思考其他事情。

除了方悅兒與段雲飛這兩個遇襲的當事人，此刻留下來的人就只有玄天門四大堂主，以及林家三人。

方悅兒的視線掃過林家三人時，不禁對他們留在現場一事露出猶豫的神色。她自然信得過自家的四大堂主，然而林家的三人……如果段雲飛之所以能對抗火毒的原因，真如同她所猜測那般，那麼，她並不確定讓這三人知道真相是否合適。

不過少女接著想到段雲飛來到林家後種種奇怪的行徑，以及林家人對他特別包容的態度……既然段雲飛出言讓林家父子留下，定是自然有他的道理，因此方悅兒最終並沒有多說什麼。

身受重傷的段雲飛其實並不如他表現得那麼輕鬆，光是坐在這裡便已讓他承受著莫大的痛苦。只是青年不願意方悅兒擔憂，天知道在看到少女因他的傷勢而擔心得快哭出來時，他到底有多心痛！

他最喜歡方悅兒的笑容了，這丫頭笑起來會露出可愛的酒窩，整個人看起來又乖又軟綿。段雲飛覺得方悅兒一直無憂無慮就好，如此美好的笑容是他最珍視的寶物，他願意以一生來守護。

這次的事是他的失策，本以爲蘇志強現在只能像見不得光的老鼠般，躲在暗處籌劃著一些見不得人的陰險計畫，想不到對方比他想像的還要大膽……或者該說，看不起白道中人？

不得不說，蘇志強實在是個膽大心狠的梟雄。如果這次蘇志強混入林家時不是遇上段雲飛，而是與方悅兒單獨碰上，那後果實在不堪設想。

幸好就連老天也站在他們這邊，也是蘇志強的運氣不好，怎麼那麼多人遇不上，偏偏就遇上能剋制他的段雲飛呢？

段雲飛心裡對蘇志強的偷襲後怕萬分，也慶幸自己當時在場，能及時保護方悅兒的安危。而此刻青年也沒閒著，仍持續運功將體內火毒逼出。

要是他不盡快治好自己，只怕方悅兒真會忍不住掉金豆子了。

方悅兒看著段雲飛燒焦的傷口，傷口上那閃閃發亮的紅色光點在青年的運功之下漸漸消褪，然而傷口卻是逐漸泛起一陣寒霜。

寇秋看著這怪異的情況，卻是不驚反喜，在段雲飛的傷口全被寒霜覆蓋後，便道：「可以了，我看看。」

段雲飛聞言便停止了運功，覆蓋在傷口上的寒霜很快便被體溫融化掉，傷口看起來就像一般的燒傷。要不是剛剛方悅兒親眼看著這傷口一連串的變化，實在難以相信江湖中令人聞風喪膽的魔功所殘留的火毒，竟如此輕易便被段雲飛化解。

「其實一點都不容易，這還是我修練功法後略有小成，而且受傷不久便立即治療才能有此效果。當年我曾被魔功所傷，被火毒折磨了多年。」

方悅兒聽到段雲飛的解釋，這才醒悟到自己剛剛把心裡的疑惑說了出來。

少女看了看段雲飛，又看了看林家三人，道：「阿飛，你其實就是當年那個被蘇志強用魔功打傷、林家親戚的孩子對吧？其實當年那個孩子根本就沒死，林盟主爲了救你的性命，便把泫冰心法的上卷給你修練了，對嗎？」

方悅兒之所以會有這樣的猜測，一來是因爲段雲飛所修練的冰系功法實在太強大了，不但能在作戰時壓制魔功，還能輕易逼出火毒。

在方悅兒所知道的功法中，就只有泫冰心法有這種能耐。

二來，便是綜合林家與段雲飛對彼此奇怪的態度，因此方悅兒才有了這大膽的猜測。

聽到少女的話後，所有人都露出了訝異神情。

段雲飛與林家三人是驚訝方悅兒如此敏銳，竟能聯想到那個方向；至於四大堂主，則是因爲他們根本不知道這件事！

當年還是名少年的段雲飛的確因獲得了方毅青睞，曾到玄天門學武好一段時間，也是在那時他與雲卓等人成爲了好友。雲卓等人獲得段雲飛的信任後，段雲飛便告訴他們自己修習了泫冰心法上卷，並且正努力尋找下卷一事。

一開始知道這件事的人就只有方毅，以及與段雲飛關係很好的三位男堂主。寇秋當時還因此沒少爲段雲飛費心，那段時間段雲飛體內的火毒尚未完全清除，總是受著冷熱交替之苦。少年爲了替他平衡兩種截然相反的屬性，可說是花費了不少心思。

後來玄天門因爲有持續幫忙留意泫冰心法的情報，幽蘭也在段雲飛的默許下被告知了這件事，就只有當時並不認識段雲飛、不管門派事務的方悅兒對此毫不知情。

多年之後，當段雲飛認識方悅兒時，一開始是因爲與少女不熟而未提起，後來又因不想讓她擔憂而隱瞞了這件事。

段雲飛這個當事人不想說，雲卓等人尊重他的意願，也就沒把這事透露給方悅兒。

眾堂主雖然知道段雲飛修練泫冰心法，可是並不清楚那心法的來歷。現在方悅兒如此一說，他們才驚覺少女的猜測非常合情合理！

畢竟失傳多年的泫冰心法，是江湖中人人渴望的絕世功法，而多年來也只有上卷在林家出現過。

因此段雲飛所修練的上卷，還眞很有可能就是從林家獲得。這麼推論起來，對方的身分便呼之欲出了。

段雲飛，就是當年那個被誤認是林靖而受傷的男孩！

「事到如今，我繼續隱瞞下去就太不夠意思了，而且我也不想隱瞞妳。妳猜得沒錯，我修練的正是泫冰心法的上卷。泫冰心法一事開始在江湖傳開時，其實林盟主便已經讓我修練泫冰心法。我從小聰慧，悟性與記憶力也不錯，待我修練略有小成，也記熟心法的口訣後，林盟主便召開了武林大會，直接將心法當眾燒了。」段雲飛凝望著自己心愛的少女，不是沒想過彼此之間的關係，在方悅兒知道眞相後也許會產生不好的變化。

泫冰心法是一部非常強大的武功心法，據說練至臻境時能平空凍結敵人的血脈，讓對手瞬間凍結成寒冰。

可惜這心法已失傳多年，只有上半部曾短暫出現過，卻又因被林易光燒燬而消失於江湖。

段雲飛即使只修練了上卷，也已足夠令他迅速躋身高手之列。

然而愈是有天分、把心法修習得愈快，那便是離死亡愈近。雖然方悅兒不知道段雲飛到底修練到什麼程度，但從他在三年前便能擊敗彭琛來看，也應該快把上部心法都修練完畢了吧？

方悅兒盯著承認了自己猜測的段雲飛，心想明明就只是個比她大幾歲的年輕人，怎麼就這麼想不開呢？

愈是強大的功法，修練的要求便愈高。修練不完整的心法，這絕對是足以致命的事。

「如果上部修練臻至化境，卻仍找不到功法的下半部，那會怎樣？」方悅兒問。

段雲飛沉默半晌，隨即聳了聳肩道：「大概會全身經脈凍結，鬱悶地變成冰棒死掉吧？」

方悅兒聞言頓時紅了眼眶：「明知道這樣，你還是修練了上卷。」

段雲飛嘆了口氣：「有什麼辦法呢？那時都快被火毒折磨死了，修練泫冰心法也許將來會因缺少下半部而死，然而不修練的話卻是必死，我也只能那樣選擇了。」

方悅兒忍不住，掉起了金豆子來：「可是、可是……」

段雲飛上前爲少女抹去淚珠，安慰地摸了摸她的頭，道：「既然想與妳在一起，我會告訴妳所有事情，再也不會瞞著任何事了。」

林靖面露猶豫，動了動嘴唇似乎想說些什麼，然而林易光卻按住了他的肩膀，道：「說出來也好，是林家對不起他，讓雲飛把事情說出來，也總好過一直放在心裡。」

林靖嘆了口氣，便不再表露任何反對的意思。

眾堂主見狀忍不住疑惑起來。段雲飛既然是當年那個林家親戚的孩子，那麼說林家對不起他也是沒錯的。可這當中難道還有什麼不可告人的事，讓林靖如此欲言又止嗎？

他們連段雲飛修練泫冰心法都知道了耶！難道還有更加勁爆的祕密？而且這祕

密貌似與林家有關？

堂主們的好奇心都被勾起來了。

段雲飛卻完全沒有心思理會他人的想法，現在他滿腦子都想著方悅兒得知眞相的反應，以及少女會不會願意與他一起面對滿世界尋找下半部功法的困境。

另外，他的出身其實並不全是方悅兒所猜想的那樣，但他既然決定對少女坦白，就不會再隱瞞。因爲信任與眞誠，是維繫一段關係非常重要的要素。

他甚至還讓四大堂主這些方悅兒的「娘家人」留下旁聽，不得不說實在很有魄力。不是誰都能像他這樣灑脫，願意將自己不光彩的出生祖露給他人知道。

段雲飛道：「我的確是當年那個被人誤傷的孩子沒錯，但其實我並不是林家親戚的孩子，我是……」

突然，方悅兒卻打斷了段雲飛的話，直接道出青年難以啓齒的祕密：「不是親戚家的孩子，阿飛你該不會是林盟主的兒子吧？」

方悅兒此話一出，所有人都露出一副見鬼的神情！

「妳怎麼知道的!?」段雲飛驚呼。

眾人一臉驚嚇的模樣，顯得方悅兒愣呆的小模樣特別冷靜。少女無辜地眨了眨眼，道：「其實我一直覺得很奇怪，蘇志強闖入林家要擊傷林盟主的獨子，會那麼剛好就讓他找到一個小孩，還打錯了人……這也太巧合了點。蘇志強並不是個輕率的人，斷不會看到孩子就下手。當時可能是發生了什麼事，讓他誤以爲阿飛是林公子？例如阿飛本就是林盟主的孩子，蘇志強聽到下人稱他一聲『少主』之類……而且林家聲稱受傷的孩子是前來拜訪的親戚，可那孩子的父母卻自始至終都沒露過臉，這也太不尋常了些。」

方悅兒說罷，接著有些小心翼翼地詢問：「我原本還覺得這猜測不靠譜……看你們的反應，我不小心猜中了？」

最難以啓齒的部分被方悅兒毫無預警地說破，段雲飛不知怎地覺得有些好笑。這些一直藏在心裡的祕密，現在愈發能坦然說出口了：「我的確是林盟主的兒子，我與林靖是同父異母的兄弟。」

「生我的女人是林夫人的侍女，那個女人很有野心，一直不甘於當一個下人。她趁某次林盟主喝醉時成功爬床，只是林盟主不是個貪圖美色之人，並沒有順勢將人收下，反而將她交給林夫人處置。林夫人仁慈，並沒有取那個謀算主子的女人性命，只是將她遠遠送走，眼不見爲淨。想不到不久後，卻傳出那個女人有了身孕的消息。」段雲飛說及他的生母時沒有絲毫敬意，甚至提及對方爬床成功時還充滿了嘲諷，顯然對對方的手段十分不屑，提及林易光時也以「林盟主」稱呼，完全沒有父子間應有的親暱。

見段雲飛眞的向方悅兒毫不保留地全盤托出所有事情，而且還比他預期中更加詳細，連自家生母「爬床」那段不光彩的往事都說了出來，林易光不禁有些頭疼又無奈。

他生性老實，而長子林靖在他的教育下雖總愛結交些奇奇怪怪的人，但本質總也是個循規蹈矩的人。

偏偏段雲飛的性格卻完全不像林家人，行事總是不按牌理出牌，彷彿對什麼都不在意。當年說離家便離家，一個不留神還加入了魔教，最後更當了魔教副教主。然後魔教教主他說宰便宰，現在又把林家的家醜毫不保留地揭露出來。

其實林易光並不希望段雲飛將這些事說出來，畢竟家醜不宜外傳，而且說及他被夫人的侍女暗算、與人家共度春宵什麼的……他覺得好尷尬呀！

不過既然段雲飛鐵了心要告訴方悅兒，林易光也知道自己根本阻止不了。這孩子從小就有主見，他決心要做的事情，無論是誰也無法阻攔。

林家一直覺得對段雲飛有所虧欠，既然段雲飛開了這個頭，林易光便接過了話題，畢竟當年的事段雲飛其實也所知不詳盡，遠不及他清楚：「當年得知那名侍女有了身孕，夫人念及那終究是林家的骨肉，便將人接了回來。那女子認爲自己有了孩子就能獲得名分，可是那樣心術不正之人我又怎能讓她留下來？孩子是無辜的，只是那女人卻不能留。在她生下孩子後，我們便把她遠遠送走了。」

方悅兒聞言點了點頭，卻並不覺得林家的舉動殘忍無情。對於這種背主的下人，林家留她的性命已經很仁慈了。

林易光續道：「我們把孩子留了下來，只是這孩子的出生終究不光彩。我已經對不起夫人了，斷沒可能給那個下人一個名分。可這麼一來，孩子便變成娘親連妾也不是的私生子。我與夫人商量之後，便讓孩子繼承了他母親的姓——段氏，並對外宣稱這孩子是父母雙亡的孤兒，讓他寄住在林家。」

方悅兒好奇地詢問：「爲什麼不直接收養他就好了？」

林易光解釋：「那時我剛當上武林盟主不久，各勢力都盯著林家。要是表現得對這孩子太看重，某些人說不定會以他作突破口，暗中調查孩子父母的身分，試圖找到他剩餘的親人來威脅我們……總而言之，以當時的形勢，收養他並不是明智之舉，緩一緩對彼此都好。像靖兒，雖然大家都知道林家有一獨生子，可在他有自保能力前，我從沒讓他離家太遠。即使如此，他還是差點遭遇毒手。」

方悅兒聽到林易光提及當年段雲飛代替林靖受襲之事，便把目光投向了段雲飛。

她能看出青年與林家的關係並不好，隱約覺得關鍵可能就是在當年那場襲擊中。

既然已經與段雲飛表明心跡，那麼方悅兒就是有著與段雲飛一起度過一生的念頭。

她想要去了解這個人，即使只是一些她無法參與的過去。只要是段雲飛的事，方悅兒都想要知道。

見方悅兒眨也不眨地看著自己，只差沒有明晃晃地表明「我就是想聽你說」的意思，原本因談及當年事情而心情變很差的段雲飛，不知怎地因少女一個帶有撒嬌意味的眼神而心情變得好了起來。

也許這好心情，是因爲被喜歡的人重視吧？

段雲飛對著心愛的少女，緩緩道出當年在江湖中非常出名的林家獨子遇襲一事的內幕。

八、泫冰心法

從小，段雲飛便知道自己不是林家的孩子，只是林易光朋友的兒子。

因爲林易光可憐他父母雙亡，而他也沒有其他親戚可以收留他，於是林家便好心收留了他。

因此段雲飛一直很感謝林家，尤其林家的人都對他很不錯。林易光把林家的功法教導給他，更說讓他再長大些後便收他爲弟子。林夫人雖然對他很冷淡，可是吃喝用度從沒虧待過他，林靖有的他段雲飛也從來不缺。林靖也待他十分友善，把他視作親弟弟般照顧有加。

那時的段雲飛，一直很感激林家對自己的照顧。畢竟林家人待他一個沒有血緣的外人這麼好，而要是沒有林家收留，他現在說不定連維持溫飽都有問題，這對他來說絕對是天大的恩典。

那時年幼的段雲飛一直努力練武，想著將來長大了要好好扶助林靖，以報答林家的恩惠。

小時候的段雲飛與林靖的關係一向很不錯。兩人一起長大，之間的情誼與親兄弟沒有分別。

林靖的性格本就豁達開朗，而他與段雲飛又很投契，林靖從小便處處照顧段雲飛，從未與這個抱回來的孩子爭寵。

其實林靖一直知道，自己與段雲飛是血脈相連的兄弟。

雖然林靖只比段雲飛大兩歲，只是這孩子記事早，當年那個下人的事又鬧得很大，小小的林靖對此有著模糊的印象。

再加上雖然林家夫婦對下人下了封口令，可是人多終究嘴雜，下人又認為孩子不知事，難免在林靖面前談及一二。因此林靖半猜半矇之下對段雲飛的身分便有了懷疑。

有懷疑的話該怎麼辦？

小林靖直接問娘親去。

林夫人被林靖問及段雲飛的身世，猶豫半晌，便決定把事情如實相告。畢竟林靖也是林家的一分子，有權知道眞相。

最重要的是，這孩子太精了，既然他已生疑，那根本瞞不下去好嗎！

得知段雲飛是自己的親弟弟，還有那麼複雜的身世（對年幼的林靖來說，爬床什麼的完全無法理解，因爲聽不明白，總之弟弟的身世很複雜就是了），林靖對段雲飛很是憐憫，自然就加倍對他好。

同時林靖也一直謹記母親的叮囑，並沒有向段雲飛透露他的身分。這對一個小孩子來說實在不容易，然而林靖從小聰敏，再加上年紀比他更小的段雲飛對自己的孤兒身世深信不疑，因此這祕密倒是一直有驚無險地保守著。

然而在段雲飛八歲時，他的生母卻派人找上門了。

女人多年在偏遠地區生活，受不了邊關之苦而患上重病。她託人帶了封信到林家，信中說對兒子甚爲思念，希望能在死前見兒子一面。

林夫人看過信後只是冷笑一聲，反倒是在場的林靖不忍地勸道：「娘親，即使那人再有不對，她也快要死了，不如就讓她與雲飛見上一面吧？」

林夫人冷冷說道：「那我們該如何對雲飛說？別忘了我們一直隱瞞著他的身世，他到現在還認爲自己是被抱養來照顧的孤兒呢。」

林靖年紀尚小，心腸比較軟：「那終究是雲飛的生母……」

兩人卻想不到，他們這段對話正好被段雲飛聽到了。

雖然只有簡短的幾句對話，但其中所包含的訊息對段雲飛來說實在太震撼。

難道我的身世有什麼祕密，讓林家一直隱瞞著？

我的生母不是已經死了嗎？她仍在世上，而且還病重？

爲什麼林夫人不讓我見生母最後一面？難道她們是仇人？但既是仇人，又爲何要養大我這個仇人之子？

段雲飛心裡亂糟糟地閃過諸多猜測，無論如何也想見一見林夫人與林靖口中那位是他生母的女人。

段雲飛知道自己年紀尚小，在林家又沒有勢力，這件事單憑他個人的力量根本無法辦成。只是聽他們說生母病重，這事只怕是拖不得了。再拖下去就怕生母捱不住病逝，而他身世祕密從此再也無法追查。

段雲飛心裡又焦急又難過，想不到自己一直視爲恩人的林家竟暗中隱瞞他的身世，還阻止他們母子相見。小小的段雲飛忍不住幻想了各種陰暗的原因，他渴望知道眞相，卻又怕眞相過於殘酷，會使他現在安穩的生活變得面目全非。

最重要的是，段雲飛並不知道生母現在在何處，又該如何與對方見面？

從林家騙了他這麼多年，再加上偷聽到林夫人說的話，段雲飛知道詢問林夫人是絕對無法獲得想要的答案，甚至還會打草驚蛇。

段雲飛左思右想，覺得現在唯一能幫到自己的，就只有從小疼愛自己的兄長林靖了。

而段雲飛的想法沒有錯。林靖年紀尚幼，從小在幸福家庭長大的他，覺得世上沒有不愛自己孩子的父母。無論段雲飛的娘親做了多麼錯誤的事，硬要讓一對母子骨肉分離、至死也無法相見，對林靖來說實在是過於殘忍了。

自從看過那封信後，林靖便一直處於不知該不該告訴段雲飛眞相的苦惱中。結果他還未想出答案，當事人便找來了。

「靖大哥，你與林夫人的談話，我都聽到了。我的娘親還在世對不對？我想見她！」

看著孩子眼中充滿對母愛的渴求，林靖根本無法說出拒絕的話。

相較於只有八歲、還是個孩子的段雲飛，十歲的林靖已稱得上是個少年了，他處理事情的手段自然是段雲飛比不上的。再加上林靖是林家少主，在林家有著自己的人手，因此要找出段雲飛生母、並將人安置到林家附近並不困難。

段雲飛的生母是個很美的女子，要不是她有著出色的美貌，又怎能生出像段雲飛這般容顏出眾的孩子？

也正因爲那女人有著令人驚艷的外貌，再加上充滿野心，便讓她生出了踩下文氏、自己取而代之的心思。她覺得自己明明長得比文氏還美，憑什麼文氏是林家高高在上的主母，而她只能當一個下賤的下人？

既然文氏能獲得林易光的喜愛，那麼，我也可以！

就是懷著這謎之自信，這女人在找死的路上一去不復返。

多年過去，現在這女人已是病入膏肓。即使如此，無論是生孩子、染上重病，還是這些年在偏遠地區的孤苦生活，都沒有磨去這女人的美麗。那憔悴與清瘦更顯得她有一種病弱的美感，看著特別讓人心疼。

當段雲飛初次看到自己生母時，對方便是一副引人憐惜的病美人模樣。段雲飛只覺這人看起來是如此美好，又如此地柔弱和溫柔。

段雲飛不是沒有幻想過自己父母的長相，而現在，他幻想中會疼惜愛護自己的母親形象，正與眼前女子完美地融合在一起。

女子躺在床上，看到推門進來的孩子，雙目一亮：「你是雲飛？我的兒子？」

段雲飛年紀還小，正處於難單從外表判斷性別的年紀，加上長相又隨母，女子一眼便把他認出來了。

段雲飛有些情怯，走向了床邊，充滿孺慕地看向對方：「是的，我……」

然而不待段雲飛繼續把話說下去，女子便伸手抓住孩子手臂，硬是把他拉到身前：「乖兒子，你快些去跟你父親說，讓他把我接回林家吧！我再也不想回去那個鬼地方了，兒子你也想與娘親在一起，對不對？」

女人就像溺水者抓住稻草般，力道非常大。段雲飛雖然年紀小，可是以一個自幼練武的孩子來說，理應在女子出手時能夠躲過才對，只是當時他的情緒太激動，而且未料到女子會如此凶狠地抓住自己，結果便被對方一下抓到了。

要掙脫女子的糾纏也不是不行，只是段雲飛怕傷到對方，而且被生母聲嘶力竭的模樣嚇到，就連手臂已被女子抓得出血也不自知。

女子顧不得孩子已被自己激烈的動作弄傷，依舊喋喋不休地教導孩子要在林家好好爭寵，這樣才能獲得林易光的重視，讓人治好她的病。女人又說段雲飛是林易光的兒子，林家的東西都有他的一份，要段雲飛爭得屬於自己的那一份家產。

女子還說她之所以病重，十之八九是林夫人陷害的。要是段雲飛再不爭氣，她這個生母就要被人弄死了。如果她病死了就是段雲飛的錯，因爲他不孝，任由自己的娘親受害！

陪同段雲飛前來的林靖，見弟弟眼中原本高興的光芒逐漸熄滅，像個木偶般被女人拉扯也不知反抗，少年實在看不過眼，便上前把段雲飛從女人手中解救出來，並責罵：「哪有妳這樣當娘親的？這麼多年沒見，看到親身骨肉後完全不關心他這些年過得好不好，只自顧自地說些有的沒的。要是我娘親眞的要害妳，妳早就死了，還哪能活到現在!?」

女子見視爲救命稻草的兒子被林靖拉開，頓時急紅了眼。隨即又從話中得知這少年是林夫人的兒子，立即恨聲說道：「明明雲飛也流著林家血脈，可是卻只能跟我姓段，你現在一定很得意吧？可是你別高興得太早，我兒子並不比你差，該是我們的，最終仍是我們的！」

林靖看著躺在床上病重得起不了床，卻仍恨得咬牙切齒咒罵自己的女子，心裡慶幸自家母親並沒有跟著來，不然聽到這女人的話還不知會怎樣想，會不會對段雲飛心生芥蒂。

這個女人不停要段雲飛爭取林家的家產，卻又不想想現在段雲飛還只是個孩子，萬一林家因爲她這番話而不喜段雲飛，這教段雲飛該如何自處？

現在林靖萬分後悔自己沒有聽娘親的話，讓段雲飛與這個女人見面。這人根本就不關心自己兒子分毫，每一句話裡想著的都是自己。這種所謂的「母親」，實在是沒有比較好！

雖然段雲飛沒有說出口，林靖還是能看出弟弟得知生母還在世後便一直很雀躍，對這次的見面充滿期待。然而這女人卻是這樣自私自利、絲毫不顧孩子，這讓段雲飛會有多失望呀？

那女人見段雲飛似乎並不贊同自己的話，便開始歇斯底里地咒罵林家把孩子養得與她離心，最終段雲飛與林靖可說是逃著離開的。

這次的會面不但讓段雲飛對母親的幻想蕩然無存，甚至還對此有了陰影。

段雲飛完全沒有從生母身上感受到絲毫溫情，這次糟糕的相會更粉碎了孩子對母親的憧憬。

從女子罵咧咧的話之中，段雲飛明白了自己不光彩的出身。同時也了解到爲什麼他的生母明明在世，林家卻一直宣稱他是父母雙亡的孤兒，並對他這個當事人隱瞞了他的身世。

雖然段雲飛年紀尚小，但他沒有生母那般天眞，他知道自己即使擁有林家的血脈，卻不代表自己會因此變得有多高貴。

反而因生母只是個無名無分的爬床下人，他的身分也跟著變得十分尷尬，比妾生的庶子更不如。

讓他以私生子身分忍受著旁人的歧視長大，倒不如像林家的處理方式，宣稱他是個父母雙亡的孤兒。段雲飛明白林家的苦心，可是明白是一回事，當知道自己其實也是林家的孩子後，段雲飛的心態便產生了變化，再也無法像以前那樣與林家人相處得那麼自然了。

最深切感受到這一點的人，無疑便是先前與段雲飛感情最好的林靖。

雖然二人仍然一起練武，同住同吃，可是每次見面卻變得疏遠而尷尬，再也沒有以往的親密無間。

「後悔了吧？當時我就叫你別理那個女人，可你偏偏不聽。」對於林靖的苦惱，文氏沒有絲毫同情，反是幸災樂禍一番。

知子莫若母，當時文氏看到林靖不贊同的神色時，早就猜到兒子會對她的話陽奉陰違，只是卻沒有阻止兒子去犯傻。

林靖身爲林家繼任人，心太軟總有一天會害死他，因此文氏故意讓林靖在這件事上吃些教訓。

段雲飛身爲下人利用卑劣手段而懷上的私生子，文氏實在很難喜歡這孩子。只是文氏做人光明磊落，即使對段雲飛心裡不喜，但也不會故意爲難對方。隱瞞他的身分、謊稱他是孤兒其實是爲了他好。

原本文氏與林易光也知道這件事終究瞞不了多久，打算待段雲飛再長大一些、思想較成熟後再主動告知。但既然現在對方自個兒知道了眞相，雖然早了些，但其實也在他們的計畫之內。

至於那個女人會不會抓住那次的會面大作文章？文氏一點都不擔心，要是那女人繼續作怪的話，她不介意讓對方早些死去。

也幸好兩個孩子那次之後便看清女人自私的嘴臉，再也沒有去找她，文氏還是對兩人的表現很滿意。

文氏素來與段雲飛不親，她只注重事情對林家有沒有影響，因此認為這件事的結果不錯。

倒是林靖，他與段雲飛一向情同兄弟，現在見對方避著自己，少年整個人都不好了！

不過仔細一想，林靖明白段雲飛大概也是不知該如何與他們相處吧？

這段時間林靖唯一能做的，便是加倍關懷對方，只希望段雲飛自己能夠想通，他們能回復以前相親相愛的樣子。

然而林靖的願望卻落空了，在段雲飛自個兒想通前，林家出了一件驚天動地的大事。

有一名武功高強的蒙面人闖入林家，要刺殺武林盟主的獨子林靖！

蒙面人闖進練武場時，便遇上林靖與段雲飛二人。

林易光對家人的保護十分嚴謹。林家的下人都擅武，這次要不是闖進來的蒙面人武功太高，不然早已被下人擊殺了。加上林易光從來沒有讓林靖出現在公開場合，甚至像是年紀、長相等也有多個版本流傳，讓人無從確定林靖的外貌特徵。

蒙面人看到出現在林家練武場、同樣使出林家武功的兩個男孩子，一時也弄不清楚到底誰是他要找的人。然而這人心狠手辣，打算直接兩個男孩都打傷了事，卻見林家的女主人文氏火急火燎地趕了過來！

文氏見蒙面人已來到了離兒子不遠的地方，頓時嚇得心膽俱裂！

文氏是林易光的妻子，同時更是他的師妹，武功自然不低，即使對上這個蒙面人，文氏也有即使落敗也能全身而退的自信。可她知道憑自己的力量頂多只能自保，根本阻止不了對方傷人。

從這蒙面人眨也不眨地盯著兩個孩子看，連絲毫目光也不分給她這個理應是現場最難對付敵人的舉動來看，對方前來林家的目的已呼之欲出。

蒙面人的目標是孩子，林家的孩子！

文氏並不認爲對方找的人會是對外宣稱無依無靠、父母雙亡的段雲飛。

蒙面人要找的人，十之八九便是她的兒子林靖！

以這人闖入林家後便出手傷人、一路闖至練武場的作派，文氏相信如果林靖落在對方手上必定沒有好下場。然而她卻無法與之對敵，難道只能眼睜睜看著兒子在眼前受到傷害嗎？

文氏一咬牙，手握長劍，心慌意亂地呼喚：「靖兒！小心！」

然而文氏跑向的卻不是林靖的位置，而是朝段雲飛的方向跑了過去。

林靖見狀愣住了，然而段雲飛很快便領悟了文氏的意圖。

罷了，就當回報林家這麼多年來的養育之恩吧！

段雲飛微不可聞地嘆了口氣，隨即也朝文氏跑去：「娘親！」

蒙面人見狀雙目一亮，想也不想便一掌往段雲飛拍去。孩子小小的身體被他拍得飛出遠遠，文氏連忙使出輕功撲過去，把被擊飛至半空的段雲飛穩穩接住。

即使文氏的反應快，讓段雲飛免去了摔落在地上的命運，但被蒙面人打中的孩子還是只剩下一口氣了。

段雲飛被擊中位置的衣服燒焦出一個破洞，露出內裡焦紅色的傷口。然而看似炙傷的傷口上，卻又閃動著點點紅色光芒，讓傷口看起來非常詭異。

「這是……火毒!?你是彭琛！」看到段雲飛的傷口，文氏震驚地看著蒙面人。這人既然能夠使出在傷口殘留火毒的魔功，自然是魔教教主彭琛無疑。

然而蒙面人卻沒有理會文氏的指控，看到孩子確實被打傷後，便迅速退去。彷彿他闖入林家就只是爲了打傷林易光的孩子。

然而蒙面人卻不知道，他打傷的那個孩子並不是林靖，而是林易光另一個不爲人知的兒子段雲飛。

「阿飛！」林靖見蒙面人離去後，立即朝身受重傷的段雲飛跑去。

可能是萬萬想不到母親會將自己的身分轉嫁給段雲飛，因此林靖一開始完全反應不過來，不知道爲什麼文氏會叫段雲飛「靖兒」。

直到蒙面人出手打傷段雲飛，林靖這才猜到文氏這麼做的目的。

那時林靖第一個反應是無法置信，想不到向來光明磊落的娘親會用這種手段去陷害一個她看著長大的孩子！

文氏爲了救林靖選擇做出如此卑鄙的事，可是林靖身爲既得利益者，卻無法責怪文氏什麼，畢竟對方這麼做完全是爲了救他。

甚至段雲飛也爲了救林靖而配合文氏，就因爲他那聲「娘親」讓蒙面人確定了他的身分，這才出手重創了段雲飛。

林靖既擔憂段雲飛的傷勢，心裡又充滿歉疚，看到段雲飛被打得飛了出去時，他差點忍不住喊出對方的名字。

可是他知道自己不能這麼做，要是喊出對方的名字，那無疑是將文氏與段雲飛的苦心付之流水。

因此林靖只得強忍著不作聲，直至那可恨的蒙面人離開後，這才邁開步伐往段雲飛奔去。

段雲飛代替林靖受了重傷，尤其當時文氏還使出了如此不光彩的手段，林家自然對段雲飛滿心歉疚。

只是段雲飛傷勢十分嚴重，林家找盡辦法，最終只有讓他修練泫冰心法才能保住他的性命。

然而林家收藏的泫冰心法只有上卷，要是段雲飛將上卷修練完後還找不到下半部，那麼體內的冰系內力便會失控。修練這功法無疑是飲鴆止渴，可是段雲飛爲了保住性命卻不得不這麼做。

江湖才剛因林家被蒙面人闖入傷人一事而炸了鍋，結果很快又傳出林易光的獨子林靖被烈陽神功打傷、修練了泫冰心法來保命的消息。

聽到失傳已久的泫冰心法竟重現江湖，而且還藏在林家，江湖再一次炸了！

九、關係確定

泫冰心法一事爆出來，林家瞬間便從被人們同情的對象，一下子成爲了眾矢之的。

那可是泫冰心法呀！傳說能剋制烈陽神功、世上第一的武功心法！

魔教教主修練了烈陽神功，便已經能夠帶領魔教與白道所有門派對抗。修練次一等的烈陽神功就這麼厲害，要是獲得了泫冰心法，那豈不是能夠成爲武林第一了？

江湖中一向以實力說事，泫冰心法這能夠讓人一步登天的誘惑太大了。即使現在江湖中有名的高手明白廢掉自身武功改練泫冰心法並不實際，可是誰沒有後輩弟子？

將功法奪到手，即使自己不練讓後輩修練也好！

一時間江湖中人心浮動，要不是林易光武功高強，在江湖上又有名望，只怕林家的大門早被各門派踩平了。

即使有林易光這個武林盟主在，其他門派仍是虎視眈眈。大家都想把神功奪到手，但誰也不想要當那個出頭鳥。

即使得知林家手中的泫冰心法只有上卷，下半部仍不知所蹤，但也足夠引起不少人的貪婪。然而那些人都不是林易光的對手，除非有其他人率先圍攻林家，不然他們也暫時沒有與林家撕破臉的打算。

因此武林中勉強維持著詭異的平靜，只是眾人心裡明白這平靜很短暫，只怕很快便會掀起一片腥風血雨。

然而誰也猜不到，林易光竟如此決斷。他先是澄清自家兒子並沒有受傷，被打傷的是親戚家的孩子，而且那孩子已傷重身亡；隨即又以武林盟主的身分召開了武林大會，當眾毀了泫冰心法。

眾人全都傻眼，更想不到林易光竟有如此魄力，這麼珍貴強大的功法說毀就毀，而且經過幾名德高望重的前輩查證，林家還眞沒人偷偷修練這功法。

看著林易光燒燬泫冰心法，他心裡鬱不鬱悶眾人不知道，可是那些暗暗覬覦功法的人都覺得心頭在滴血啊！

無論其他人對林易光這個決定有什麼想法，事情既然已經發生，他們也只得眼巴巴看著這份絕世功法被大火燒盡。

可他們並不知道林易光還有一個兒子，正是那個被蒙面人打得重傷致死的親戚孩子。他不僅沒有死，還修練了泫冰心法上卷，在火毒的折磨下保住了性命。段雲飛既然修練了泫冰心法，那麼便不再適合留在林家了。

他對外的身分只是林易光朋友的兒子，因爲父母雙亡而寄住林家，就連養子也稱不上。也正因爲段雲飛這不起眼的身分，因此從未被別人注意過。甚至很多門派在調查林家時，各種報告上從未提起過段雲飛這個寄住的孩子。

畢竟他與林家無親無故，當初林易光好心把孩子接回林家撫養，這麼多年後誰知道那孩子還在不在？林家既然沒有把人收爲徒弟也沒有收養他，大概只是暫時照顧而已。都過了這麼久，應該已替那孩子找適合的家庭收養了，因此誰也沒有把段雲飛放在心上。

林家現在因泫冰心法而被推到風尖浪口上，林易光雖當眾毀掉泫冰心法，可是眾人卻未必相信林家眞的捨得，都猜測著他們偷偷把心法藏在哪呢。

這段時間有眾多門派暗暗關注著林家的一舉一動，而事實是他們林家的人雖眞的沒有修練，卻是讓段雲飛修練上了。

段雲飛本就天資聰敏，修練泫冰心法後修為更是突飛猛進，一定會引起懷疑，到時一旦其他門派調查起來可經不起推敲。

林易光原本打算先把段雲飛送走一陣子，待這件事平靜一些後再把人接回來。誰知道被送出去養傷的段雲飛，在傷勢痊癒、修練略有小成後竟然玩了一手離家出走，而且一跑就跑到玄天門去！

林易光也不是沒捎信請玄天門把人送回來，偏偏玄天門門主方毅是江湖中少數對林易光這位武林盟主完全不賣帳的人物。也幸好方毅雖然是個武痴，卻是光明磊落的人，對段雲飛是真的生出了愛才之心，即使得知孩子修練的是泫冰心法也沒有逼迫他，反而悉心指導段雲飛修練，讓他迅速熟習心法的運用。

「當年年紀小，覺得待在林家與他們相處尷尬，又想到自己修練泫冰心法一事要是被人知道便會連累林家，一時衝動便偷偷離開了。結果遇上了方前輩，有幸前往玄天門獲得方前輩的教導，我可以說是方前輩的半個弟子，現在想想我與丫頭還真是有緣呢！」說到這裡，段雲飛便開始與方悅兒拉起關係來。

原本聽著段雲飛說及往事，心情還覺得有些沉重的眾人，忍不住覺得剛剛對他白同情了。

什麼叫半個弟子？你在拉什麼關係！

怎麼說著說著都這麼能撩？

撩就撩了，不能看看場面嗎!?

偏偏方悅兒也是個不按牌理出牌的，聽到段雲飛的話後，噘起嘴巴道：「才不呢！要是你以阿爹的弟子自居，那我豈不是要喚你『師兄』？我的兄長夠多了，才不要多一個會管我的人。」

「那不如你們玄天門收了我，到時妳就是我的門主大人，我都歸妳管了。妳也知道我的身世了吧？我不能說是林家人，有家歸不得，門主大人妳就好心收留我吧！」在追媳婦的道路上，段雲飛一向能屈能伸。

眾人聞言皆嘴角一抽。

這傢伙連賣慘這種手段都出動了，不光彩的出身都可以成爲追姑娘的招數，實在也是個人才呀！

而林家三人，更生出想抓住段雲飛衣領猛搖的衝動。

什麼叫作有家歸不得？

根本就是你自己離家出走好不好！

然而方悅兒聞言卻還眞有些心動了。平常聽人叫她「門主大人」並不覺得什麼，可是聽到段大魔王喊她「大人」……覺得特別帶感呀！

雲卓看出情況不對，連忙站出來：「段公子說笑了。誰不知道你打敗了魔教教主彭琛，是江湖中數一數二的高手，就連我們四大堂主也不是你的對手。我們玄天門廟小，像你這麼武藝高強的高手，又怎好意思讓你屈就呢？」

「沒關係，只要有丫頭在的地方，我不介意屈就一輩子。」段雲飛笑咪咪地回答。雲卓聽到他愈說愈不像話，恨不得把這張志得意滿的俊臉打成豬頭！

可惜實力比人弱，雲卓也只能自個兒生悶氣。

寇秋聞言瞪大雙目，小聲向身旁的連瑾詢問：「門主大人是被調戲了嗎？」

連瑾冷哼了聲：「段雲飛那小子愈來愈放肆了。」

相較於同仇敵愾的寇秋與連瑾，幽蘭卻表現得很冷靜：「應該不算是調戲吧？不見門主大人她很高興嗎？不喜歡的話才是調戲，兩情相悅的話是……情趣？」

寇秋與連瑾：「……」

別把眞相說出來！他們聽著覺得很揪心呀！

一點都沒有被安慰到好不好！

連瑾決定力挽狂瀾，努力把話題接回正軌：「剛剛段兄在蘇志強面前使用了泫冰心法，旁人也許分辨不出來，可是蘇志強修練了被泫冰心法剋制的魔功，應該很快便能察覺出不同。要是他向外宣傳段兄修練泫冰心法，難免會讓人聯想到林家，到時萬一有人再查出段兄的來歷，林家當年的謊言自然會不攻自破。再加上段兄當過魔教副教主的過去，只怕會爲林家帶來不少麻煩……」

雖說泫冰心法屬於林家的，按理林易光想給誰就給誰，只是當年他卻召開武林大會，當眾燒燬泫冰心法，要是讓人知道他暗地裡將其教導給自己的私生子，難免讓武林同道覺得他說一套做一套，嚴重影響身爲盟主的聲譽。

更何況段雲飛後來還入了魔教，甚至當上副教主。段雲飛在魔教期間雖然沒有做過大奸大惡的事，但也並未幫過白道門派什麼。要是讓其他人知道他其實是林家人，難免會讓人多想，嚴重的話甚至動搖林易光的盟主地位。

方悅兒道：「那簡單，反正大家都知道阿飛曾在玄天門待過，就說那泫冰心法的上卷是爹爹給的就好了。」

林靖不贊同地皺起了眉：「那豈不是把禍水引到玄天門了？」

即使此事會影響到林家的聲譽，可既然當年是他們決定要這麼做，就有東窗事發後要承擔後果的心理準備。

哪有出事時，把責任推給別人的道理？

然而方悅兒卻毫不在意地說道：「反正我與阿飛在一起之後，對泫冰心法有所貪念的人也會打我們主意，所以這個鍋玄天門揹不揹也沒差。再說，我玄天門沒有林家那麼多顧忌，敢對我們伸爪子的，我們直接把他爪子都剁了。」

眾人見方悅兒完全一副「段雲飛是我的人，我很快就會把他娶回去當門主夫人」的架勢，都目瞪口呆得不知說什麼才好。

雖然江湖兒女不拘小節，但豪爽如方悅兒這樣的還真沒幾個。

連瑾連連向方悅兒使眼色——小悅兒，矜持！矜持！

方悅兒卻大剌剌地說道：「爹爹臨終時對我說，他早已不期望我能把玄天門發揚光大，讓我找個比較能打的夫婿保住玄天門就好。還說要是有看上的人就不要害羞，盡快把人拿下。好東西人人想要，慢下手的話要哭也沒處哭去。」

聽到方悅兒沒臉沒皮的話，四大堂主一臉複雜，都不知該露出什麼表情才好。

師父大人！您老去世前到底對門主灌輸了什麼有的沒的呀!?

方悅兒看到雲卓不贊同的神色，上前拉住他空蕩蕩的衣袖。這讓雲卓想起方悅兒小時候總是特別喜歡去抓他被風吹起的衣袖，抓到時會露出非常燦爛的笑容。那可愛的笑容甚至會讓雲卓生出一種念頭：空蕩蕩的衣袖既然能逗得方悅兒高興，沒了手臂也不再是什麼大不了的事……

後來方悅兒逐漸長大，不再會看到衣袖吹起便像貓咪般抓著玩了，只是每當少女想要撒嬌時，卻仍會不自覺地抓住他沒有右臂的衣袖，這習慣至今還是改不了。

每次方悅兒這麼做的時候，雲卓便會不自覺心軟起來。

可是他一想到方悅兒這次向自己撒嬌是爲了段雲飛那臭小子時，心裡還是覺得有些不平。

他家軟綿綿的可愛的門主大人，怎麼就看上那個一身都是麻煩的傢伙呢？

明明只要門主大人一聲令下，有的是青年才俊給她挑。想當年方悅兒及笄時，到玄天門提親的人不說能繞地球一周，繞城一周還是可以的！

其實雲卓心裡也很清楚，那些提親的人都是衝著方悅兒的身分、衝著她身後的玄天門而來。那些人連方悅兒的臉也沒見過就說要娶她，當中能有幾分眞心？

何況不說眞心這些虛無縹緲的東西，光說人品與武功，段雲飛在那些青年才俊中各方面也是頂尖的。

然而問題是，段雲飛修練了泫冰心法這催命符呀！

段雲飛是各方面都很優秀的夫婿人選沒錯，可同時也是個隨時會死翹翹的人！

這讓他們怎麼放心把悅兒交給他？

即使段雲飛很努力在壓制修爲，然而泫冰心法修練到某種程度，內力便會自行增長，他終有天會遭到功法反噬。其實他現在的身體已出現各種狀況，只是因爲有寇秋給的丹藥抑制住，才沒有爆發出來。

但寇秋想盡方法也只能暫時壓著他體內無法舒緩的寒氣，要是某天藥物不再有效用，情況絕對是致命的。

唯有找到泫冰心法下卷，才能徹底解決這個問題。然而這又談何容易？

雖然段雲飛一直很努力尋找，然而下卷已在武林消失那麼多年，又怎能輕易被找到？

方悅兒拉住雲卓的衣袖搖了搖，問：「其實雲大哥你們早就知道阿飛修練泫冰心法的困境，擔心將來他會因爲找不到下半部而被反噬，所以才一直反對我與阿飛在一起，對吧？」

現在已不用爲段雲飛隱瞞修練泫冰心法一事，雲卓聞言便乾脆地點了點頭，直接表露他對段雲飛的疑慮。

雖然雲卓知道因朋友的不幸而厭棄對方很不道德，但身爲從小看著方悅兒長大的兄長，他們幾人都希望她能一直無憂無慮。與段雲飛在一起，則意味著方悅兒須要承受不少原本不屬於她的壓力。

方悅兒太年輕，又是第一次喜歡上人，雲卓實在很擔心她會因感情用事，而做出將來令自己後悔的決定。

雲卓也不是一定要棒打鴛鴦，只是他不希望兩人進展太快；讓兩人的感情生出一些阻礙，使方悅兒能再仔細深入地想一想，別被感情蒙蔽了理智。

其他堂主也是這麼想的。如果到最後方悅兒還是決定選擇段雲飛，他們會尊重她的決定。

林家三人聽到雲卓的話有些不高興，不過想到如果雙方身分對調，換成是方悅兒有著性命之危，還身懷這種江湖中人人覬覦的功法，只怕他們也會如雲卓一樣，慎之又慎地待之，不希望段雲飛與她在一起。

方悅兒聽到雲卓的話，正起了臉，嚴肅地保證：「我已經決定好了，阿飛就是那個我想要與之共度一生的人。」

說到這裡，饒是方悅兒性格有些大剌剌的，在眾人──尤其林易光等段雲飛的家人面前這麼說，還是有點不好意思。

可是她也知道現在自己絕不能退縮，必須讓雲卓知道她的心有多堅定。決定與段雲飛在一起，是她深思熟慮後得出來的結果：「雲大哥，阿飛他對我很好，我也很喜歡他，與他在一起時我都覺得很開心。也許往後我們會遇到很多困難，但我不怕。人活在世上，又怎會沒有任何挫折？即使我與別人在一起，也不能保證一輩子順風順水。既然無法預料未來，那我寧可選擇隨心而活，讓將來不致後悔自己所做的抉擇。」

方悅兒頓了頓，續道：「雲大哥還記得我在蘇家被如意推落井一事嗎？當時麥冬去找阿飛求助，阿飛二話不說便馬上趕來了。那時我感慨阿飛對我這麼好，放下了查探蘇家祕密的機會，立即過來救我。然而當我知道阿飛過去的事後，才驚覺這哪只是放棄了查探祕密那麼簡單？他放棄的或許還有泫冰心法的消息！聽風樓的風樓主曾猜測，蘇志強是多年前闖入林家傷人的蒙面人，十之八九是衝著林家的泫冰心法而來。既然如此，蘇家說不定有著泫冰心法的相關情報，可阿飛卻為了救我而放棄了。對他來說，那根本就是放棄了一條可能的活路啊！」

少女說到這裡，哽咽道：「阿飛不會把他對我的好掛在嘴邊，可是卻是將我放在心裡地重視，這些事我都知道。要是我放棄了與阿飛一起，也許往後一輩子再也遇不上將我的安危放在自身性命之前的人了。」

段雲飛想不到方悅兒把他做的事都看在眼裡，還說出這麼一番話，青年心頭火熱，上前牽著少女的手，心裡千言萬語最終化為一句保證：「我會對她好的。」

雲卓看著二人堅定的模樣，覺得自己簡直就像拆散有情人的惡人。

他心裡也不禁有些酸澀。不知不覺中，當年那個有些怯懦、偷偷躲在一旁偷看他與連瑾玩鬧的小女孩已經長大成人。她有了自己喜歡的人，勇於向別人表達出自己的想法。

而他們這些守護著方悅兒成長的人，也許是時候要把這重任交給其他將與少女更親近的人了。

其實雲卓一點都不介意方悅兒依舊像小時候那樣，事事依靠著他們。他們樂於爲少女撐起一片天，讓她遠離江湖的殺戮與紛爭。可雛鳥終究還是有展翅高飛的一天，他們再不捨也只得放手讓她經歷風浪。

只是雲卓暗暗在心裡決定，無論何時何地，玄天門都是方悅兒堅定的後盾。

既然方悅兒喜歡段雲飛，那他們就讓玄天門繼續強大起來，讓天下所有覬覦泫冰心法的人不敢打小倆口的主意；同時，他們也會繼續尋找泫冰心法的下卷，要是眞的找不到……事在人爲，總會找到保住段雲飛性命的方法，絕不能讓方悅兒傷心！

雲卓與連瑾等人交換了一個眼神，隨即嘆口氣，道：「我明白了，既然悅兒妳喜歡，我們又怎會阻攔妳呢？」

方悅兒聽到雲卓的話，回以一個大大的笑容。而段雲飛則是彎腰一揖，向這些寵疼方悅兒的堂主們行了一禮。

一旁的林家三人看得滿心都是淚。明明他們是這對新鮮出爐的小情侶的男方家屬呀，怎麼沒人來問他們意見？

再看到段雲飛竟然向雲卓等人行禮，林家人就更加鬱悶了。自從段雲飛知道自己是林家的私生子後，與他們之間的相處便變得很尷尬。後來還發生文氏用了不光彩的計謀，蒙面人因而用烈陽神功打傷他一事，段雲飛與林家的關係就更加冷漠僵硬。

偏偏他們想要修補彼此的關係時，這小子竟然離家出走！

結果現在他難得多年後回家，彼此卻不能相認，而且關係還變得比之前更加生疏……

想想都是淚呀！

想到年幼時的段雲飛，身邊除了林靖以外就沒有其他知心的朋友。後來這孩子小小年紀就離家，也不知在外吃了多少苦，朋友也不多，能夠稱得上知己的就只有玄天門這幾個小子。

想到玄天門這些年來對段雲飛的照顧，再看到他凝視方悅兒時那變得柔軟的眼神，林家人心裡生起的小情緒便不自覺地煙消雲散。

罷了罷了，這又有什麼可比較的？

只要這小子現在過得幸福，那就好了。

十、有朋到訪

對段雲飛來說，今天實在是他的幸運日。

不但與方悅兒互相確定了雙方感情，還獲得了玄天門的同意。以後他追媳婦就不用再與眾堂主鬥智鬥力，可以光明正大地獻殷勤了。

甚至段雲飛還有些感激蘇志強，要不是蘇志強給了他英雄救美的機會，說不定他還無法這麼順利地贏得四大堂主首肯。

雖然青年覺得只要自己與方悅兒兩情相悅，就不會因旁人反對而輕易分開，可是他不希望少女難做人。現在能夠獲得眾人的祝福，可說是最好的結果。

不過心裡雖說著感激，段雲飛要是再遇見蘇志強，只怕新仇舊恨加起來會將人揍得更狠。

小時候被蘇志強打傷，現在又因對方的偷襲受了傷，青年只要一想到蘇志強便恨得牙癢癢。

雖然他因修練了泫冰心法，能輕易逼出殘留在體內的火毒，然而蘇志強打的兩掌可不輕，還是須要養傷好一段時間。

因此當眾人解散時，段雲飛這個傷患需要方悅兒攙扶著走。

四大堂主見方悅兒用纖細的手臂支撐著段雲飛，下意識便想上前代勞。然而很快想起兩人是新鮮出爐的小情侶，可正是你儂我儂的時候，他們也就止住動作，不再上前去礙眼了。

即使如此，他們還是有些擔心會累到方悅兒。要知道他們嬌滴滴的門主大人從來只有別人侍奉她，哪需要她去做任何操勞的事？

可他們很快便知道自己多慮了，重傷的段雲飛根本沒敢把自身重量全壓在方悅兒身上，只是象徵性地倚著她走。甚至因爲兩人身高有別，段雲飛還頗爲辛苦地彎腰遷就著少女的高度。

同時方悅兒因爲沒有手抱著麥冬，便把從屋簷上撈下來的小松鼠放在段雲飛頭上。麥冬那小傢伙天生平衡感出眾，明明喝得爛醉沒有知覺，但躺在青年頭頂竟仍能保持微妙的平衡沒掉下去。

眾人看著段雲飛臉上痛苦與快樂並存的表情，已經不知該說什麼才好了。

聽說戀愛會讓人變笨，想不到這種狀況放在段雲飛這難纏的傢伙身上也適用。

當眾人走出庭園時，便發現梅煜等人原來一直在外面等著他們，他們一見方悅兒攙扶著段雲飛出來，便一臉緊張地迎上去。

「段公子已經沒事了嗎？」梅煜問。

段雲飛雖然須靠他人攙扶，但梅煜輕易便能看出他並未把太多重量壓在方悅兒身上。既然能夠自己走，那想必傷勢應該沒有太大的問題吧？

段雲飛向梅煜微一頷首，道：「已經無礙了，有勞掛心。」說罷，段雲飛發現方悅兒一直看著某個方向。他順著少女的視線看去，便看到獨自站在不遠處的許冷月。

鄭偉明發現段雲飛把視線投往許冷月身上，不明就裡地嘿嘿笑道：「許姑娘可是很擔心你，一直在等著你出來呢！」

青年笑得意味深長，就差沒有明說「兄弟，好艷福」了。

原本鄭偉明還覺得對方會很高興，畢竟被美貌的女子喜歡，即使對那個女子無意，但還是一件很值得炫耀的事。

然而段雲飛聽到他的話後，卻是一臉心虛地偷偷觀察方悅兒的反應，鄭偉明頓時心知不妙。

似乎馬屁拍在馬腿上了！

偏偏許冷月聞風而至，冷冷清清的臉上略帶羞澀：「鄭公子你見笑了，我……我只要看到段公子無礙，心裡就高興了。」

平時如冰般冷清的女子，此刻難得露出小兒女的姿態，實在別有一番風情，鄭偉明看得骨頭都酥了。

只是想到剛剛段雲飛的表現，鄭偉明卻又覺得不好了！

這情況明顯是神女有心，襄王無夢，段公子分明別有所愛啊。就連鄭偉明這個與眾人相識不久的人都看得出來，他不信許冷月會一無所覺。

然而這女子卻這般不識趣地死纏爛打，要是其他一般男人也許還很享受被女子追捧的感覺，可是段雲飛的眼中卻只看得見方悅兒呀！許冷月這麼糾纏下去不是自討沒趣嗎？

最重要的是，妳這樣做也許會連累到我呀！

只見雄壯偉岸、但其實性格特別慫的蛟龍幫少幫主一言不發地往後縮，試圖降低自己的存在感。

也幸好眾人此時都忘記了他這個小人物，反而興致勃勃地看著場中這二女一男到底會如何發展。

段雲飛看著許冷月的眼神沒有絲毫溫度，也虧他已表現得如此冷淡了，許冷月至今卻仍未放棄，依然自信滿滿地覺得自己能獲得青年的青睞。

「老實說，許姑娘妳的行爲讓我非常困擾。希望妳能夠與我保持距離，我不希望我的未婚妻不高興。」段雲飛對於不在意的人，說話向來都是不留情面。

「未婚妻？」許冷月愣愣地看著方悅兒攙扶著段雲飛，小倆口親密無間的模樣。

見許冷月大受打擊地刷白了臉，一副我見猶憐的模樣，段雲飛卻是沒有絲毫猶豫地點了點頭，不給予對方任何僥倖與希望：「是的，丫頭是我未過門的妻子，我不希望她誤會。」

想不到就在段雲飛留下來治療的一段時間裡，這兩人竟然確認了彼此關係。許冷月心裡悔恨，早知如此，當她發現方悅兒放出沖天炮時，無論如何也應該闖入庭園與段雲飛共患難才對，說不定就能打動對方了。

然而許冷月心裡卻隱隱有個微弱的聲音在反駁，即使時間眞能重回到那時，她也提不起勇氣與段雲飛一起面對致命的危險。因爲她對段雲飛的愛慕夾雜了太多的計算，而且相較於段雲飛，她更愛的人是自己。

看著段雲飛不給予她絲毫幻想的決絕神情，許冷月覺得自己就像一個笑話，四周那些憐憫的神情更是刺得她那顆高傲的心疼痛無比，最終少女受不了眾人的視線，哭泣著跑走。

梅煜有些擔心地道：「要去追回來嗎？她一個姑娘家，天色又這麼晚了……」

文氏卻淡然提出：「沒關係，我會讓懂武的下人跟著，好好護送許姑娘回去。」

她這麼說，是不打算讓許冷月繼續留在段雲飛身邊了。文氏對段雲飛心中有愧，當年的事她一直放在心裡，無時無刻不刺痛著自己的良心。想要補償對方，可段雲飛卻離開了林家，一走便是這麼多年。

記得段雲飛原本是與林靖一樣，有著棕色的眼眸，然而這孩子卻因受火毒折磨，即使除去火毒，眼眸卻變成了紅褚色。每次看到段雲飛的雙眼，文氏都覺得看到了自己的罪孽。

現在見他終於找到了自己的幸福，文氏又怎會允許許冷月這個不確定因素留在段雲飛與方悅兒身邊礙眼呢？

有些事情當事人不方便做，可她這位林家女主人卻可以。既然許冷月打著拜訪林家的旗號前來，現在她不告而別，那他們也沒有抓著對方不放的道理對不？

許冷月無禮在先，林家派出下人送她回去已是仁至義盡。即使事後這事鬧起來，被批評的人也是許冷月而不是他們。

當許冷月看到下人追來時，還以爲這兩人是來接她回林家的，想不到那兩名下人卻是奉林夫人之命護送她回許家。少女頓覺自己彷彿被人打了一巴掌，難堪得不得了。

林家已經明擺著不歡迎自己，即使許冷月再喜歡段雲飛，也無法繼續厚著面皮留下來了。

何況許冷月之所以糾纏著段雲飛不放，其中也涉及不少現實因素。現在既已知道事不可為，雖然很不甘心，可在許家過得並不如意、急須找個合適夫婿來擺脫困境的許冷月也只得放棄，不再在段雲飛身上浪費時間，只能改為尋找其他適合的人選。

許冷月想到段雲飛那出色的氣質及外貌，心裡便一陣不甘。然而再想到對方的絕情，少女不禁由愛生恨，心裡既惱恨段雲飛的狠心，又惱怒方悅兒奪人所愛。

明明是我喜歡上段雲飛在先，方悅兒偏偏就是要與我搶！

許冷月想到這裡，便決心要找到一個比段雲飛更好更強大的男人，到時候反將這兩人踩在腳下好好羞辱一番！

就在許冷月幻想著將來該如何找回場子之際，一群戴著面具的人倏地出現，二話不說便出手擊暈許冷月後並帶走。幾名護送她的下人想要阻止，然而卻不是那些人的對手。

那些戴著面具的人武功不弱，卻沒有傷人性命的打算，只是將那些林家下人擊暈後便帶著暈倒的許冷月退去。

這幾天一直下著大雪，落雪很快便抹去了那些人的足跡，只有兩名倒臥在雪地上的林家下人，證明了剛剛那段短暫的戰鬥眞的存在過。

「哎呀，這麼冷的天氣怎麼睡在地上呢？這樣會著涼的！」此時一名騎馬的青年路過，看到被飄雪掩埋了大半身子的兩名林家下人，他摸著下巴饒有興味地說道。

青年長相俊美，舉止優雅，要不是腰間帶了一把長劍表明他武林中人的身分，也許別人還會誤以爲他是個出門遊玩的富公子。

青年說罷便下了馬，明明並不強壯，卻輕而易舉地把被擊暈的林家下人丟上了馬背。

他拍了拍座騎，笑道：「既然看到了，總不能將人丟在這裡，就辛苦你要受累一些了。」

馬兒打了一個響鼻，彷彿在回應青年的話。

青年見狀笑了笑，便牽著馬匹繼續前進，而去向正直指林家所在之處。

方悅兒等人絲毫沒有受到許泠月離開所影響，反而還因此鬆了口氣。現在正値多事之秋，許泠月這個嬌滴滴的千金小姐什麼忙也幫不上，待在這裡大家反而要分神照顧她。現在她「願意」自己離開，那是最好不過的事了。

受到蘇志強闖入林家傷人的刺激，眾人全都沒有休息的意欲，而是繼續商討召集武林大會的事宜，爭取盡快集齊人馬，好好向蘇志強討回這次偷襲的帳！

在眾人看來，魔教式微的情況下，蘇志強成爲正道之敵後不躲起來，反而闖入武林盟主家行凶，這行徑實在太瘋狂了。要是繼續放任這人在外，也不知還會做出什麼事。

就連受了重傷的段雲飛，以及厭棄會議沉悶無趣的方悅兒，這次也沒有缺席，待在一旁聽著眾人討論。

雖說蘇志強被段雲飛所傷，可是誰知道那瘋狂的傢伙會不會再折返回來？萬一對方眞不要命地豁出去，段雲飛與方悅兒此時可沒有反抗能力，還是與一伙人待在一起比較穩妥。

蘇志強的偷襲爲眾人帶來很大的危機感，再加上對方被段雲飛打傷，懷著「趁他病取他命」的想法，眾人對召開武林大會抱持著十二萬分的熱情，商討各細節的效率更是大大提高。

「這次難得把武林上有頭有臉的門派都召集來，要是能得知蘇志強的藏身之處就好了。到時我們便能直接討伐他們，不讓蘇志強與魔教餘孽繼續爲禍武林。」身爲蘇志強修練魔功的直接受害者，性格疾惡如仇的秦承耀慨嘆道。

林易光嘆了口氣：「要找出他們的藏身之處談何容易？自從魔教餘孽重出江湖，將不少門派滅門後，我們便一直尋找他們的根據地。所有與魔教有關聯的地方都找遍了，可惜卻一直無功而返。」

此時，一名下人前來中斷了討論，告知林靖他有位友人來訪，還帶回兩名暈倒的林家下人。

那兩名下人，正是林夫人不久前派出去護送許冷月的人。而被他們保護的許冷月則是不見了蹤影。

眾人聞言面面相覷，想不到許冷月一離開林家便出事了！

雖然在場的人對許冷月都沒什麼好印象，但畢竟相識一場，他們也不希望對方眞出什麼事。何況少女在這節骨眼上出事，很難不讓人聯想到是否爲蘇志強或魔教的陰謀。

只是人既然已被擄走，他們一時也做不了什麼，幸好聽前來通傳的下人說，負責護送的兩名下人都沒有大礙，說不定能從兩人口中得知一些重要訊息。

當然還有那個送兩名下人回來、自稱是林靖朋友的人，說不定也帶來了有用的情報。

林家幾人連忙出門迎接，林靖邊走邊詢問通傳的下人：「我的朋友？誰？」

下人在前方引路，道：「是一名姓風的公子，我讓他在偏廳等候。」

姓封？不對……姓風！

方悅兒與段雲飛對望一眼，雖然性別不同，不過林靖有一位讓他們印象深刻的友人，也是個姓風的。

聽風樓的風樓主！

方悅兒立即攙扶著段雲飛，兩人跟著林家人離開。

見門主大人跟著人家跑了，玄天門眾人也浩浩蕩蕩地走了出去。

留下來的幾人大眼瞪小眼一番，心裡也想跟過去看看，但又覺得這樣一群人跟過去圍觀好像顯得很八卦。

最後是眾人之中最爲年長的秦承耀打破沉默，只聽他假咳了聲，道：「既然這事涉及許姑娘的安危，大家終究相識一場，也過去看看有沒有什麼事可以幫忙吧。」

其他人聞言立即點頭，心安理得地跟著過去了。

❀

方悅兒與段雲飛雖然尾隨著林家人，只是青年終究受了傷，無法走快，他們也不想林靖爲了等待他們而拖慢腳步。

畢竟那個自稱是林靖朋友的人特意冒著大雪將暈倒的下人送來，要是讓對方覺得主人家姍姍來遲是故意怠慢他就不好了。

落後的兩人很快便被玄天門眾人追上，接著，就連蘇沐華、梅煜這些與風樓主沒有任何交集的人也跟過來看熱鬧。

當方悅兒一行人浩浩蕩蕩來到偏廳時，林家三人與那位友人已經就坐。一看到那位姓風的青年的模樣，曾見識過風樓主女裝扮相的方悅兒與段雲飛都露出吃驚的神情。

先前聽風樓主戲謔林靖分不清楚他是男是女時，方悅兒還覺得有些誇張。畢竟易容又不是萬能，難道還能把從小到大習慣的言行舉止與氣質都改變了嗎？

就像方悅兒，她從來不是個會端著架子或者刻意炫富的人。可是從小被玄天門各種財寶堆砌著嬌養長大，少女身上不由自主地便帶著一種貴氣。

這種氣質無法言喻又難以改變，即使她穿著破舊的衣服，也不會讓人相信這姑娘是貧民出身，只會以爲是哪個落難的千金小姐。

更何況據他們所稱，風樓主當時並沒有易容，只是改變了裝扮而已。林靖經常行走江湖，閱歷豐富，又怎會是男是女也分不清楚？

因此那時聽風樓主這麼說，方悅兒還以爲是林靖故意裝作看不出眞相來哄風樓主高興。結果現在看到風樓主的男性裝扮，少女卻覺得被狠狠打臉了！

風樓主容貌依舊，只是女裝扮相時的臉上妝容沒了，清清爽爽的面容卻沒有絲毫改變。身上的衣著是尋常的少俠打扮，一身簡單的藍色長衫再加上腰間佩了一把長劍，英俊的臉龐風神俊逸、美如冠玉，任誰看到都會讚歎一聲好個翩翩少年郎。

人還是那個人，臉還是那張臉，可是卻沒有絲毫女氣，完全看不出破綻！

而且……

方悅兒把視線投往風樓主的胸部，心想：真的沒有了！

段雲飛則是視線往下，一臉深沉地思索：不知道有沒有多了什麼東西出來？

風樓主完全不介意兩人有些無禮的視線，笑盈盈地打了聲招呼：「方門主、段公子，許久不見了。」

方悅兒聞言連忙收回視線，向對方拱了拱手：「想不到會在這裡相遇，風……公子？」

他們不好叫破對方樓主的身分，可是稱對方「風姑娘」又不對，就只得喚他一聲「公子」了。

方悅兒與段雲飛困惑的模樣顯然取悅了風樓主，只見他笑得瞇起了眼眸，像隻偷腥的貓：「最近聽風樓獲得了一項有趣情報，我覺得滿有意思的，便過來跟阿靖分享一下。」

方悅兒他們與聽風樓樓主見面一事，玄天門眾人是知道的，聽著他們的對話，對眼前青年的身分也有了猜測。

至於蘇沐華他們則對風樓主的身分毫不知情，即使聽到對方提及「聽風樓」，也只以為是這風姓青年找聽風樓打聽情報，完全未將對方與樓主聯想到一起。

在方悅兒等人到達偏廳前，林靖已向風樓主詢問了許冷月的事。可惜風樓主表示他只是在前往林家的途中發現暈倒的林家下人，便把人順道帶了過來，卻未看到理應被護送的許冷月，以及擊暈他們的凶徒。

至於風樓主前來林家的目的，林靖他們則還來不及詢問。現在聽到風樓主的話，眾人皆露出了好奇的神情。

尤其知道風樓主身分的人，都在猜測到底是怎樣的情報，會讓聽風樓的樓主冒著風雪親自跑這一趟？

風樓主也沒有賣關子，道：「是這樣的，我無意中得知了魔教的新據點，是在青雲山上。」

眾人驚呼：「什麼!?」

風樓主被眾人的反應嚇了一跳，他知道這話一出定會讓他們很驚訝，卻想不到反應會那麼大。

他卻不知道，就在不久前蘇志強才剛闖進林家，不僅差點傷到方悅兒，還重創段雲飛。現在大伙兒正摩拳擦掌地想圍毆蘇志強這個膽大包天的傢伙，只差不知道對方的藏身之處而憋了滿肚子悶氣啊！

現在他們誰不知道蘇志強與魔教有所牽扯？知道了魔教的新據點，離圍毆蘇志強這個目標還遠嗎？

幸福來得太突然，讓人感到不真實。林靖再三確認：「真的嗎？這情報可信？」

風樓主點了點頭：「當然，你還信不過我親自帶來的情報嗎？」

林靖聞言大喜，道：「我自然是相信阿風你的。」

雖然林易光並不知道風樓主的身分，但在大事上自家兒子絕不會輕率了事。既然林靖如此相信這名青年帶來的情報，那麼自然有其可信之處。

林易光回想著剛剛眾人討論出來關於武林大會的各種細節，便建議道：「現在魔教並不知道他們的據點已被我們所知，我們以商討討伐蘇志強的名號召開武林大會，趁著眾門派齊集之際，直接打上青雲山。」

蘇志強的魔功以戰養戰，而現在他已不怕被人認出來，更可以肆無忌憚地吸取他人的內力。要是不趁他重傷之際對付，讓他有機會強大起來的話還不知會有多難對付！

現在只要他們事前做好攻打魔教的準備，並做好保密工夫，到時殺個對方措手不及，說不定眞能將魔教餘孽一網打盡呢！

「武林大會？什麼武林大會？」風樓主傻眼了。身爲聽風樓的樓主，他一路前來也在收集著各種情報，像武林大會這麼重要的事他怎麼不知道？

眾人最近老是被魔教與蘇志強牽著鼻子走，滿肚怨氣，因而並未理會風樓主的疑問，興高采烈地討論著如何扳回一城。

「阿風，你這個情報實在來得太及時了！」林靖高興地拍了拍風樓主的肩膀，隨即又再次陷入討論中。

風樓主搔了搔頭：「算了，能夠幫到阿靖就好。」

尾聲

蘇志強並不知道自己視爲最大依仗的魔教，新的據點已經曝光。

即使他不知道方悅兒等人正興致勃勃地討論著如何對付自己，現在蘇志強的心情也美好不到哪去。

正所謂最危險的地方，便是最安全的地方。蘇志強原本打算潛伏在林家，看看有沒有機會給予林易光等人致命一擊。而他們也的確如他所預料般，完全沒料到他竟這麼膽大地來到林家，給了他下手的好機會。

然而一場惡戰後，蘇志強不但自始至終沒傷到方悅兒分毫，反而更被段雲飛所傷。

原本蘇志強在打傷段雲飛後，還以爲可以把人抓走，吸取他的內力據爲己有。然而當他制住對方以後，只是吸了一點內力便慘遭反噬，隨即更反過來被段雲飛打傷，最終只得狼狽逃走，簡直偷雞不著蝕把米。

當時蘇志強只顧著逃跑還反應不過來，後來想想便覺得奇怪。

段雲飛爲什麼能在身中火毒的情況下，仍有餘力出手？

爲什麼只是吸取了青年少許內力，便造成自己內力紊亂？

難道是……段雲飛修練了極寒的內功！

而能夠這麼迅速抵抗火毒的，就只有剋制烈陽神功的泫冰心法！

蘇志強想到這一點，立即恨得咬牙切齒。當年他得知這本能夠剋制他的功法藏於林家後，潛入尋找未果，便將林易光的獨子打傷，想逼得林易光取出功法給孩子修練療傷。

偏偏他卻傷錯了人，死的是林家一個親戚的孩子。

於是蘇志強心一橫，也不執著於奪取心法了，他把林家藏有泫冰心法一事宣傳開來，很順利地逼得林易光毀掉了心法的上半部。

想不到這麼多年後，江湖中卻出現了一個修練泫冰心法的後輩！

那麼當年他如此費盡心思毀掉泫冰心法，不是做了無用功嗎？

蘇志強已不記得當年被自己打傷孩子的模樣，可是回想了下對方的年紀，當年那孩子很有可能正是段雲飛！

他以為自己成功暗算了林易光而沾沾自喜，卻不知道這麼多年來原來是被林易光耍了！

不只他，整個武林都被林易光騙了！

蘇志強惡狠狠地想，他一定要將這事傳出去，即使無法讓林易光身敗名裂，也要讓眾人知道他們的武林盟主有多虛僞！

心情激動之下，蘇志強忍不住又吐了口血。此時他已來到藏身處，那是一間位處山上的破舊木屋，原本是一名獵人所搭建，以便上山打獵時能有地方休息，結果卻被蘇志強強行佔據。

爲免強佔木屋的事被人發現，蘇志強還特意偷偷進村殺了獵戶一家，就連對方襁褓中的兒子也不放過。

蘇志強才剛打開木屋的大門，便有一雙柔荑伸出扶著他。這雙手的主人，正是蘇志強逃離蘇家時一併帶走的柳氏。

柳氏看到蘇志強身上的血跡，以及青白的臉色時，一臉憂慮地詢問：「怎麼了？誰傷了你？」

柳氏關懷的模樣讓蘇志強心裡一暖，拍了拍她的手道：「不礙事。一時不察，被段雲飛那小子暗算到了。不過他也討不了好，身上的傷勢也是不輕。」

柳氏垂下眼簾：「我就說潛入林家太冒險了，偏偏你不肯聽。幸好你沒事，你知道我有多擔心嗎？要是你出了什麼事，我……」

說到這裡，柳氏露出泫然欲泣的神情。

柳氏長得貌美，雖然年紀已不輕，然而保養得宜，年月並沒有減去她的美貌，更為她帶來成熟的韻味。再加上她舉止高雅，即使是責備的話也說得溫溫柔柔。

「讓妳擔心了。」蘇志強是個獨裁者，要是別人質疑他的決定，也許早已經發怒了。偏偏面對柳氏，他卻表現得特別有耐心。

既然被林易光知道他在林家附近，現在只怕林家那邊已有所防範。再加上他又受了傷須要靜養，因此蘇志強便順從柳氏的要求，離開這裡回魔教據點休養。

從小，蘇志強一直將林易光視為假想敵。旁人拿他們兩人事事比較，而他卻又事事不如對方。久而久之，蘇志強對林易光便充滿了恨意，擊敗對方已成了蘇志強的執念。

男人遠遠凝望著林家所在的方向，露出猙獰的笑容：「以為將我趕出白道，我蘇志強便無法翻身了嗎？我會讓你林易光知道，我可比你強多了！既然白道容不下我，那我就把它毀了吧！」

山上颳起陣陣寒風，颯颯的風聲彷彿人們在哭泣。在黑夜裡聽到這風聲，總讓人生出一股不祥的感覺。

黑白兩道的頭領都在計謀著要擊敗對方，江湖中一場殺戮將要來臨。

誰，又能笑到最後？

《門主很忙．卷五》完

後記

嗨！大家好，寫這篇後記時正值跨年，二〇一七年不知不覺便結束了，回過神來就已經是二〇一八，每次都有種自己又浪費了一年的感覺呀XD

要說這一年發生的重大事情，最深刻的便是我家養了十五年的狗狗Trouble從凡間畢業，去當了小天使。

雖然Trouble的離去讓我感到很不捨，家中父母更是非常悲痛，都說要是家裡另一頭狗狗Milk也去世的話便不再養狗了。

我則是覺得生死有命，死亡也許是一個新旅程的開始。要是有機會的話，我還是想領養別的狗，開始一段新的緣分。不過也尊重父母的決定，只希望隨著時間的流逝，他們能夠看開一點吧！

在Trouble過世後我助養了ＳＡＡ（保護遺棄動物協會）裡一隻名叫「懵懵」的黑狗，那是個剛滿一歲的小男生。一月是懵懵生日，已經向ＳＡＡ預約要與牠慶祝了。買了一隻公仔送牠，不知道牠會不會喜歡呢？

最近還結識了一隻野貓，我喚牠「陛下」。

這貓咪特別有霸氣，完全不怕陌生人。摸牠的時候會斜著眼睛看人，表情特別鄙視。

也是認識了陛下以後，我才發現原來自己有M體質。愈是被鄙視，愈是喜歡去招惹牠。

與陛下混熟後，牠每次看到我都會翻身露出肚子要我按肚肚，高高在上的表情特別可愛，不過Milk超怕牠的XD

另一件二〇一七年的大事，就是我的妹妹結婚了！

出嫁當天她從早上哭到夜晚，特別有趣XD

也許因爲現在的科技很發達，即使不住在一起了，仍能在網路上天天見面。所以老實說，我對她的出嫁沒有太大的離愁別緒呢。

祝福妹妹婚姻美滿，幸福快樂！

至於我這個當姊姊的……二〇一七年依舊單身，不知道在二〇一八年能否獲得好姻緣？

不過我還是很享受單身的生活，非常自由自在。何況即使我在三次元單身，也可以在小說裡讓男女主甜蜜一下、虐虐單身狗嘛。

虐狗的任務，小悅兒與阿飛絕對能夠勝任！

接下來有劇透喔！還未看正文的朋友們，要是不想被劇透，請先翻回前面看正文。

《門主很忙》算是我至今寫的系列當中，感情線描寫最多的故事了。

男女主角不再是老夫老妻的相處模式，小悅兒與阿飛二人讓大家一起見證了他們從相識到互相了解，再到二人暗生情愫然後兩情相悅。

是的！在這一集，小悅兒與阿飛終於確定了情侶的關係了！（撒花～）

相信不少喜歡看感情線的讀者，等這一刻已經等了很久，足足五集呢XD

另外《門主》的故事已開始步入尾聲，這一集中，不少謎團都已解答出來。

雖然寫《門主》的時候，我有故意透露了不少線索，但這一系列的線索並沒有先前的作品那麼明顯。

例如阿飛的身世，大家應該都猜到他與林家有所關聯，可是我想應該不會把阿飛眞正的身分猜出來才對。

結果前幾天上古箏課時，我的古箏老師問我：「段雲飛其實就是當年那個被蒙面人打傷、林家親戚的孩子對不？」

我那瞬間覺得超驚歎耶！老師好厲害!!

讀者都是火眼金睛的呀，下次可以把伏線再藏深一點，嘿嘿！

現在已經開始構思新故事了，如果大家有任何建議，歡迎在臉書留言給我喔！

新的一年也請大家繼續支持，祝各位二〇一八新年快樂！

香草

門主很忙

【下集預告】

武林盟主召開了武林大會。
眾門派齊聚後才知道，原來他們要去討伐魔教了！
魔教囂張已久，白道門派都嗷嗷叫著這次一定要打得對方再也囂張不起來。

而方悅兒如願找到了母親死亡的祕密，
卻發現故事的背後，竟還隱藏一段不為人知的往事……

卷六·〈武林大會〉 精彩完結，黑白兩道大戰！

國家圖書館出版品預行編目資料

門主很忙／香草著.——初版.——台北市：魔豆文化出版：蓋亞文化發行，2018.2
冊；公分.（fresh；FS151）
ISBN 978-986-95738-3-2（第5冊；平裝）

857.7 106008048

fresh FS151

門主很忙 卷五

作者／香草
插畫／天藍　封面設計／克里斯
出版社／魔豆文化有限公司
地址◎台北市103赤峰街41巷7號1樓
電話◎（02）25585438　傳真◎（02）25585439
部落格◎gaeabooks.pixnet.net/blog
臉書◎www.facebook.com/Gaeabooks
電子信箱◎gaea@gaeabooks.com.tw
投稿信箱◎editor@gaeabooks.com.tw
郵撥帳號◎19769541　戶名：蓋亞文化有限公司
發行／蓋亞文化有限公司
法律顧問／宇達經貿法律事務所
總經銷／聯合發行股份有限公司
地址◎新北市新店區新店市寶橋路二三五巷六弄六號二樓
電話◎（02）29178022　傳真◎（02）29156275
港澳地區／一代匯集
地址◎九龍旺角塘尾道64號龍駒企業大廈10樓B&D室
電話◎（852）2783-8102　傳真◎（852）2396-0050
初版一刷／2018年2月
定價／新台幣180元
Printed in Taiwan

ISBN／978-986-95738-3-2
著作權所有・翻印必究
■本書如有裝訂錯誤或破損缺頁請寄回更換■

FS151

MASTER IS BUSY

門主很忙

卷五・身世之謎

魔豆文化　讀者迴響

感謝您在茫茫書海中選擇了魔豆，您的支持是我們最大的動力。
不要缺席喔，讓我們一起乘著夢想的羽翼，穿越時空遨遊天地！

姓名：　　性別：□男□女　　出生日期：　年　月　日

聯絡電話：　　手機：

學歷：□小學□國中□高中□大學□研究所　　職業：

E-mail：　　（請正確填寫）

通訊地址：□□□

本書購自：　　縣市　　書店　□網路書店

何處得知本書消息：□逛書店□親友推薦□DM廣告□網路□雜誌報導

是否購買過魔豆其他書籍：□是，書名：　　□否，首次購買

購買本書的動機是：□封面很吸引人□書名取得很讚□喜歡作者□價格便宜□其他

是否參加過魔豆所舉辦的活動：
□有，參加過　　場　□無，因爲

喜歡出版社製作什麼樣的贈品：
□書卡□文具用品□衣服□作者簽名□海報□無所謂□其他：

您對本書的意見：
◎內容／□滿意□尚可□待改進　◎編輯／□滿意□尚可□待改進
◎封面設計／□滿意□尚可□待改進　◎定價／□滿意□尚可□待改進

推薦好友，讓他們一起分享出版訊息，享有購書優惠
1.姓名：　　e-mail：
2.姓名：　　e-mail：

其他建議：

◎請沿虛線剪開、對摺、裝訂後寄出

◎請沿虛線剪開、封摺、裝訂後寄出

廣告回信郵資免付
台北郵局登記證
台北廣字第675號

魔豆文化有限公司　收

103台北市赤峰街41巷7號1樓

魔豆

魔豆